源氏物語あやとき草子(三)

夢の浮橋

遠藤遼

JN054401

双葉文庫

目次

主要人物相関図

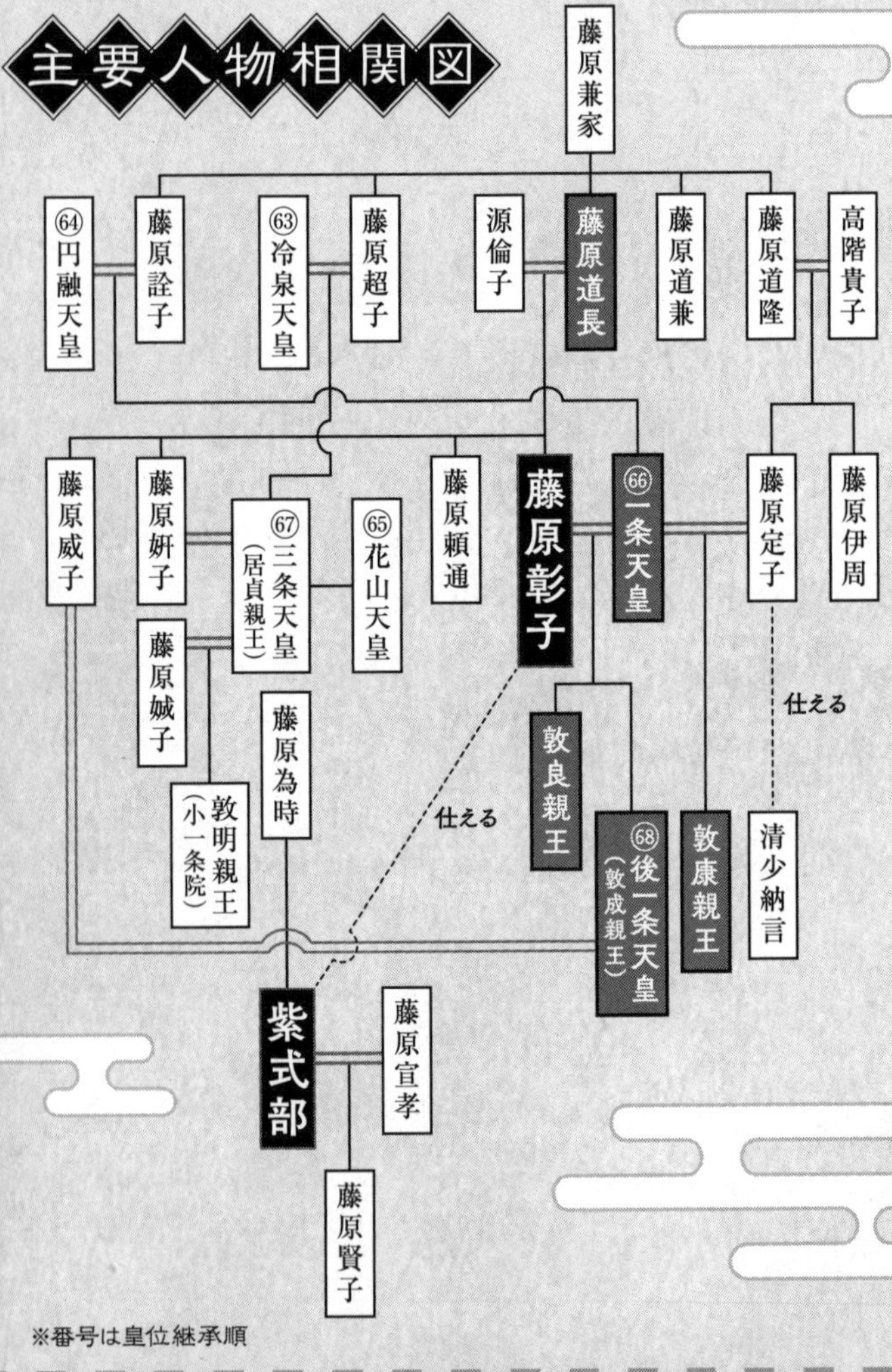

※番号は皇位継承順

源氏物語あやとき草子（二）

夢の浮橋

世の中は　夢の渡りの　浮橋か
うち渡りつつ　物をこそ思へ

（世の中は、夢のなかで渡る浮橋のようなものだろうか。
その橋を渡りながらも、絶えず思い迷うものであることよ）

――出典未詳、『源氏物語奥入』所引

第一章　去る者、去りゆく者

冬の寒さが日に日に増していたが、今日はあたたかい。

書物の山に囲まれた紫式部《むらさきしきぶ》の文机《ふづくえ》に、小春日和の白い陽射しが深く入り込んでいた。

「あたたかいのは有り難いけど、書物が焼けそうなのが困りもの……」

紫式部は独り言をつぶやきながら、局のまえの御簾《みす》をさげた。

文机が暗くなり、局のなかがすっと冷たくなる。

長和《ちょうわ》四年も、あと一月あまりとなった。

ほう、と紫式部は息をつく。筆を取ろうとしてやめ、今年も世間はいろいろあったな、ともう少し物思いにふけることにした。

三条《さんじょう》天皇が譲位の意向を示した。

寛弘《かんこう》八年六月に即位して、四年余りの在位期間である。

そのままの一条《いちじょう》天皇は二十六年の在位期間。紫式部の仕える皇太后・彰子《しょうし》が中宮《ちゅうぐう》として入内《じゅだい》していた天皇でもあり、ある種の心の近さがあるのだが、それを差し引いても、一条天皇と比べて三条天皇はあっけなく退場しようとしている。

三条天皇は三十六歳でやっと即位した。

幼くして即位した一条天皇の在位が長かったゆえであり、退位したときの一条天皇はまだ三十二歳の若さである。

即位したときの三条天皇よりまだ若く、そしてその若さで崩御した。

一条天皇の崩御による心の衝撃が癒えるか癒えないかの年月で、三条天皇は去っていく。

「けれども――」

一介の女房の身分で、天皇の人柄をあれこれ言うのは不敬の極みと思うが……。

三条天皇は一条天皇とは違いすぎた。

三条天皇は、待ちに待った即位だったのだろう。やりたいこともあったのだろう。いつまでも東宮のままであることに鬱屈もあったかもしれない。

しかし、焦りすぎた。

自分が天皇なのだから、臣下たる大臣どもは言うことを聞いて当然という言動の数々に、貴族たちはあっという間に心が離れた。先の一条天皇が左大臣・藤原道長《ふじわらのみちなが》ら藤原家の有力者たちと適切な距離を保って理想を追い求めていた姿と大違いだと、みなが思ってしまった。

三条天皇は即位三年で目を病んだ。

あやしげな仙丹に手を出したからと言われている。

流行病《はやりやまい》によるとか、日に夜を継いで古今の書物に君子の道を尋ねた結果だとかいうなら、みなの同情もあったかもしれない。これではむしろ、軽はずみであるとの誹《そし》りを免れないだろう。

もちろん、天皇にそのような批判を口にするのは憚《はばか》られる。

ゆえに、「火」が用いられる。

それが来春退位をすると言った三条天皇への答えだった。

直接か間接かは知らないが、道長が何らかの示唆をして誰かが火を放ったのではないかと、紫式部は思っていた。

道長は自らの娘を入内させてはいるが、三条天皇とそれほどに折り合いがよくなかったのである。

とはいえ。

「それもこれも、三条天皇の心が招いたこと、なのだろうけれど」

紫式部が灯火のように小さくつぶやいた。

目を患ったのは、外なる原因としては仙丹だろう。けれども、その根っこにあるのは「自分が天皇なのだから、すべての者が言うことを聞いてしかるべきだ」という狭いものの見方が、身体に表れたとも言える。さらに目だけではなく、片耳も聞こえなくなった。「他の者の意見など聞きたくない」という気持ちをそのままに表しているではないか――。

少しまえに彰子に問われて、紫式部はそんなことを答えたのだった。

その見方は間違っていないと思う。

だが、心の別のところでは、三条天皇をあわれに思う気持ちもあった。

もし、もっと若いうちに即位していたら。

もし、もっと大臣たちの言葉にも耳を傾けていたら。

もし、三条天皇を諌《いさ》められるような年上のしっかりした后がいたら。

もし、途中で三条天皇が反省して心を入れ替えていたら。

もし、入内した道長の娘とのあいだに皇子が生まれていたら。

……きっと三条天皇の治世は変わっていただろう。

「それがよかったか悪かったかまでは、私にはわからないけれど」

と言って、紫式部は文机のうえの冊子の表紙をなでた。

冊子はふたつある。

それぞれ、「御法《みのり》」「幻《まぼろし》」と書いてあった。

おくと見る　ほどぞはかなき　ともすれば
　風に乱るる　萩のうは露

——私が起きていると見えてもわずかのあいだのこと、ともすれば風に乱れる萩の上の露のようなはかない命ですから。

ややもせば　消えをあらそふ　露の世に
　後れ先だつ　ほど経ずもがな

——ややもすると先を争って消えゆく露のようなはかない世にあって、せめて後れたり先立ったりせずにともに消えたいものだ。

秋風に　しばしとまらぬ　露の世を
　誰れか草葉の　うへとのみ見む
——秋風にしばしのあいだも留まらず散ってしまう露のようなはかない世を、誰が草葉の上のことだけと見るでしょうか。

『源氏物語《げんじものがたり》』の最大の女性主人公とも言える紫《むらさき》の上《うえ》が亡くなる直前の場面である。まず紫の上の歌。次に光源氏《ひかるげんじ》の歌。最後が、源氏と明石《あかし》の上《うえ》の娘ながら紫の上の養女であり、入内した明石中宮の歌である。

女である紫の上と明石中宮は無常を詠んだ。しかし、源氏だけは「死なないでくれ」とすがった。

だが、このやりとりのあと、紫の上は儚《はかな》くなる。

誰れも誰れも、ことわりの別れにて、たぐひあることとも思されず、めづらかにいみじく、明けぐれの夢に惑ひたまふほど、さらなりや。

——誰も誰も、当然の別れとして、よくあることなのだなどと思えず、またとないひどい悲しみとして、夜明けのほの暗い夢かとお惑いになるのは、言うまでもないことでした。

紫の上の死という喪失のあと、彼女の葬儀までを、紫式部はゆるゆると書いた。ただゆるく書いただけではない。そこには一条天皇崩御のときの、自分の心のなかの空虚さが織り込まれている。

生死をさまよう人が、ついに息を引き取ったあとの、変に力が抜けた感じ。誰かがこの世からいなくなったというのに、目の前にはまだ身体がある。けれども、その身体からは生きている色が、砂地に水が抜けるように落ちていく。葬儀の準備をしなければいけないのだが、何もかもがゆっくりと進んでいくような、ぼうっとした有り様。風も花もなにも変わっていない。ただ、その人がいなくなって、自分の心だけが置いていかれている……。

そのむなしさを、書いた。

実際には作中、紫の上は八月十四日に亡くなり、翌十五日には荼毘《だび》に付されている。結局、源氏は紫の上を出家させなかった。

彼女が亡くなってからそのことを後悔しても、どうしようもない。

人は愚かなのだ。

愛する人にいつまでもそこにいて欲しいと願い、愛する人がいなくなれば「あれもしてやりたかった、これもしてやりたかった」と後悔する。

その愚かしさゆえに、人は年経るにつれ、心のひだが深くなっていくものなのだろうが……。

紫の上の葬儀があり、弔問がある。

ここで旧友にして親友であるかつての頭中将《とうのちゅうじょう》、致仕大臣《ちじのおとど》に弔問させたのは、紫式部から源氏へのせめてもの心遣いだった。

紫の上が亡くなっても、新しい年はやってくる。

新春はめでたいものだが、いまの源氏にはなんの意味もない。

紫の上の女房たちと語らいながら、相変わらず後悔と慚愧《ざんき》の日々を過ごしている。

紫の上からの手紙もぜんぶ燃やしてしまった。

燃やされた手紙は煙となって虚空に消えていく。

すべては幻だったのか。

この人生のすべてが、否、この世のすべてが幻なのだとしたら、真実はどこにあるのか。

紫の上という大きな存在を失って、悲しみという火と鎚《つち》と水の試練を通った源氏が、最後の姿を見せる。

その日ぞ、出でたまへる。御容貌、昔の御光にもまた多く添ひて、ありがたくめでたく見えたまふを、この古りぬる齢の僧は、あいなう涙もとどめざりけり。

――この日、初めて源氏は人前に出た。その器量は、昔の威光よりもまた一段と増して、すばらしく見事に見えるのを、この年とった僧は、ただ涙を抑えられなかった。

その昔、輝くように美しいと評された源氏が、現世の苦しみの果てに再びその美しさを現した。

だがそれは、すべての終わりを悟った最後の美――。

もの思ふと　過ぐる月日も　知らぬまに
　年もわが世も　今日や尽きぬる

――物を思い、月日の過ぎるのも知らぬあいだに、今年もわが命も、今日で尽きんとするか。

人々のまえに立つ、美しき源氏が歌を詠む。桐壺帝《きりつぼ》と桐壺更衣《こうい》のあいだに生まれ、数々の恋と愛憎のなかを生き、栄華を極めた男が、現世において残す最後の歌だ。

紫式部が『源氏物語』を書くにあたり、まったくの創作ですべての歌を詠んでいたのではない。これまでの数多くの歌集を参考にしてきた。

源氏のこの歌も、参考となる歌はあった。

元となる歌を詠んだのは、権中納言《ごんのちゅうなごん》・藤原敦忠《あつただ》。美貌であり、歌と管弦の才に恵まれていたが、わずか三十八歳で夭逝《ようせい》した。藤原北家《ほっけ》の左大臣・藤原時平《ときひら》の三男だから、道長とも縁がある人物だ。

その敦忠が詠んで、『後撰和歌集《ごせんわかしゅう》』に収められた歌を下敷きにしていた。

紫式部は、源氏にいくつもの顔を持たせた。高貴な美男子であり、恋多き色好みであり、政治権力者であった。さまざまな才能も持たせた。道長が一条天皇をないがしろにしないように戒めるための役目も負ってもらった。

けれども、現世における源氏の最後の歌は、敦忠という源氏の美の顔に呼応する人物のひとりの歌で仕上げた。

これも、紫式部から光源氏へのせめてものねぎらいだった。

「お疲れさま。紫の上。そして、源氏の君」

紫式部はわが子の頭をなでるように、疲れ果てた夫を慈しむように、ふたつの冊子に呼びかけた。

目を転じれば、文机には別の紙が置かれている。

そこにはまだ巻名だけしか記されていない。

「雲隠《くもがくれ》」――。

ここで源氏は出家をし、地上を去る。

だが、筆が動かない。

紫式部は暗い局にかすかに射し込む白い陽射しを見つめながら、長和四年六月に卒去した賀茂光栄《かものみつよし》との最後の会話を振り返った――。

着崩れてところどころほつれた上衣に、形のゆがんだ烏帽子《えぼし》といういつもの格好の賀茂光栄が、皇太后・彰子のいる高倉第《たかくらてい》へ顔を出したのは、春の終わり頃だったろうか……。

賀茂光栄。神の如しと評される稀代の陰陽師《おんみょうじ》である。

齢七十七歳。官位は従四位上《じゅしいのじょう》・右京権大夫《うきょうのごんのだいぶ》だった。

彰子に挨拶をし、昔の話などを和やかにしていたが、彰子のそばに控えている紫式部は緊張しきりだった。

光栄がただの遊びで彰子のところに来るわけがない。陰陽師とはそういうものだからだ。

それを見透かしたかのように光栄が呵々《かか》と笑った。

「ははは。紫式部どの、この老いぼれが怖いかね？」

「え？　あ、そうかもしれないです」

多少身なりはあれだが、穏やかに年を取ったしわだらけの好々爺《こうこうや》の顔をしている。

だが、偉大な陰陽師である。

その導きによって、紫式部は『源氏物語』だけをひっさげて、左大臣の道長が政《まつりごと》を私して、一条天皇や彰子を悲しませないように全力を尽くしてきたのだ。

その光栄から「怖いかね？」などと言われれば、怖いに決まっていた。

まるで出仕したての頃のようにどぎまぎした受け答えになるというものである。

彰子が品よく小さく笑うと、紫式部は耳まで熱くなった。これではまるで童女だ、などと自分で思うほどに、熱は増す。

光栄は彰子と春の陽射しのようにゆったりと言葉を交わしていた。

そのなかに、陰陽師特有の、占についてのやりとりはない。

となれば、光栄は自分に話があるからやってきたに違いないのだ。

案の定、彰子の面前を下がったあと、光栄は紫式部を呼んだ。

紫式部は空いている局に光栄を案内した。普段、『源氏物語』を書いている局ではない。いつもの局は物語のための資料がおびただしく積み上げられていて、伊勢大輔《いせのたいふ》のような親しい女房仲間ならともかく、光栄を入れるような場所ではなかったからだ。

紫式部が脇息《きょうそく》を勧めると、光栄は「有り難い」と相好《そうごう》を崩して、肘を置いた。

「ああ。楽ちんだ」と言う光栄の言葉がまるで童のようで、紫式部はくすりとなった。

「ふふ。なにもございませんが、用意できるものは用意しますので、おくつろぎください」

「おぬしはどう見ているか知らぬが、こう見えても皇太后さまのまえだとそれなりに気を張っているのだよ」

「はあ……」

気の抜けた返事になってしまった。

とてもそうは見えなかった、などと言ってはいけないのだろうな……。

「わしも年をとった」

と、いきなり光栄はそう言った。

「ご長命で、喜ばしいことでございます」

すると、またしても出し抜けにそのように光栄が言った。

「もうすぐ死ぬよ」

「え……」

あまりのことに、紫式部が息をのむ。

光栄は相変わらずいたずら好きの童のようににこにこしながら、

「来るのが遅くなってすまなかったな」

「はい？」

「先月の終わりあたりから、おぬしの生霊《いきりょう》がこの老いぼれの夢枕によう立っておった」

「あ、それは」紫式部は平伏した。「申し訳ございません」

『源氏物語』では六条御息所《ろくじょうのみやすどころ》という女を通して生霊の恐ろしさを、紫式部は書いている。高貴な身分に生まれ、元東宮の恋人であった六条御息所は、源氏の愛人のひとりという「その他大勢」の位置に我慢できず、いつのまにか己が魂の一部を生霊として放ち、源氏と契った夕顔《ゆうがお》や源氏の正室だった葵《あおい》の上《うえ》の命を奪いに行った。

暴走した嫉妬と憎しみと、愛に飢えた心の猛獣が、生霊である。

そのようなものを、自らが光栄に放っていたとは。

この年になっても、自らの心ひとつ修められない不明を恥じるばかりである。

だが、光栄は再び声を出して笑った。

「ははは。それほど気に病むことはない。別に悪さはしなかったし」

「左様でございますか……」

じっとりと嫌な汗がにじむ。

「そのように自らを戒める心があるときは、生霊といってもそれほどたちの悪いことはせぬ。ほれ、おぬしの『源氏物語』の六条なんとかは、自分の心が招いた生霊を拒み続けた。あんなことを自分は考えていない、とな。これがもっとも生霊を暴れさせるのよ」

「そうでしたか」

「おぬし、知っておったのか？」

「いいえ」

謙遜でも何でもない。

だが、光栄は脇息にもたれて上体をくつろげながら、満足げにうなずいた。

「おぬしはよく書いた」

「『源氏物語』を、でしょうか」

「うむ。だが、源氏の物語をどう締めようかと悩んでいるのだな？」

紫式部が驚く。

「まさに、そのとおりにございます。どうして……」

「はは。だから、言っただろう？　おぬしの生霊が夢枕に立っていた、と」

「では、私の生霊は……？」

「物語の締め方を相談したいので来てくれと、この光栄をせっついておったのよ」

また紫式部は頬が熱くなった。

「申し訳ございません」

「いま書き上げたところを教えてくれ」

紫式部はいったんいつもの局に下がって、まだ木簡や紙に書き散らかしていた「御法」「幻」を持ってきた。

紫の上が最期を迎えること。

残された源氏が悲哀に悶えつつ、出家への決意を固めること。

そのような大まかなあらすじを話し、紫式部は問うた。

「この次の巻名は決めてあるのです。『雲隠』――ここで源氏は出家をし、亡くなります」

「ふむ」

「ただ――」

これまでの『源氏物語』は、道長に対して一条天皇と彰子の理想を踏みにじらないようにさせるための抑止力でもあった。

特に念頭に置いていたのは、一条天皇の一の宮である敦康《あつやす》親王の東宮擁立だった。

敦康親王は、彰子の子ではなく、中関白家《なかのかんぱくけ》の血筋を引く定子《ていし》の子である。

定子が若くしてこの世を去ったため、当時十四歳だった彰子が養育してきた。

彰子にはわが子同然なのだが、道長にしてみれば、自らの血が流れていない以上、外戚《がいせき》として堂々と振る舞うことができない。

あくまでも道長の血を引く皇子が天皇に即位しなければいけないのだ。

ゆえに、道長は敦康親王ではなく、自らの直系の孫である敦成《あつひら》親王を東宮に立てようとした。

だが、彰子は一条天皇の本心を優先し、自らの実子ではなく、あくまでも一の宮である敦康親王が東宮となるべきだと願っていた。

敦成親王やその弟の敦良《あつなが》親王を、彰子が嫌っているわけではない。長幼の序を守るべきだと考えていたのだ。

これまでの『源氏物語』という物語執筆の形を取った紫式部の宿願は、ここにあったのである。

だが、紆余曲折あったにせよ、結論としては道長が押し切り、二の宮である敦成親王が東宮に立った。

その後、一条天皇の崩御を受けて、今度は一条天皇が理想とした仁政のあり方をいかに正しく伝えていくかに彰子の願いは移り、それとともに紫式部の筆運びも変わっていった。

「一条院の――いや、一条天皇と呼ばせてもらうよ。崩御まえに譲位したから一条院と呼ぶべきなのだろうが、どうも呼び慣れなくてな――一条天皇の思いを風化させないために、紫の上には病になってもらい、その帰結として紫の上は亡くなった。そして源氏の物語にも決着をつけねばならない、と」

と、光栄が目を糸のようにしながら、いつになく真剣に耳を傾けてくれている。

「光栄さまのおっしゃるとおりです。しかし、源氏をいかに雲隠れさせるかを、悩んでいます」

「何を悩んでいるのだね？」

「私は、私なりに『源氏物語』に思いを込めてきました。皇太后さまが笑顔であるように、世が正しくあるように、皇太后さまの大切な方々が安らかれ、と」

だが、三条天皇となって政は混沌とした。

道長及びその威光に集まった貴族たちと天皇のあいだにはどうしようもない溝が生まれて、わずか四年余りでの譲位になった。


言葉には魂が宿る。

これを言霊《ことだま》という。

文字であっても、声であっても、言霊は生まれる。


それは他ならぬ光栄が紫式部に教えてくれた内容だ。

だが、自分の言葉には力がなかったのか、いまの政の有り様である。

自分が書いてきた物語は、はたして正しかったのだろうか。

その答えが、自分のなかで揺れている。

ゆえに、「雲隠」をいかに締めるべきかが見えない……。

紫式部がそのような悩みを吐露すると、光栄はしばらく何も答えず、中庭をじっと見つめていた。

目白が鳴きながら枝から枝へ跳ねている。

光栄が檜扇《ひおうぎ》を開いたり閉じたりしながら、のんびり言った。

「今年は雨が多いかな？」

「五月雨《さみだれ》の季節はまだですから、まだなんとも……」

占でも始まったのだろうか。

「雨の多い年があり、雨の少ない年がある。あまりにも極端なものは人々を悩ませるが、多少のぶれはそのときは大変でも、結局は何事もなく過ぎ去っていく」

「私の書いたものの過ちも、やがて過ぎ去っていくということでしょうか」

「過ちを犯さない人間では物語にならないのではないか？」

「あ……」

「はは、これは釈迦《しゃか》に説法だったかな？」

「そのようなことは、決して――」

光栄はひどくやさしげに続けた。

「おぬしはよくやった。男でもなしえぬことをした。完全ではなかったかもしれないが、よりよいほうに導くために努力を惜しまなかった」

「光栄さま……」

紫式部は胸が詰まった。

「あとは、歴史が決めてくれる」

「……はい」

「年月が流れるなかで、おぬしらが物語に託した願いは忘れられていくかもしれぬ。だが、それでも朽ちぬ物語をおぬしは書いたと思うよ」

「光栄さま、それは過分なお言葉です」

光栄はいつものようないたずらめいた笑みに戻ると、

「それこそ歴史が決めてくれるさ」

紫式部も微笑んだ。なぜか目尻に涙が溜まっているけれど。

「この源氏の物語を、どのように終わらせてあげるべきなのでしょうか」

「それこそ、物語を書かぬ陰陽師に聞いても仕方ないだろう」

「ですが……光栄さま以外に、このようなことは聞けないのです」

彰子には聞けない。和泉式部《いずみしきぶ》はすぐれた歌詠みだとは思うが、物語の相談は無理だろう。赤染衛門《あかぞめえもん》も教養ある人だが、『源氏物語』の内容について意見を求められる相手ではない。伊勢大輔はかなり頼もしくなってきたが、まだ若い。

他の女房たちは言うまでもない。

仮に道長に相談したら、「源氏を荘厳に出家させ、極楽浄土への往生を決定させ、のちのちまで賢人として仰がれるようにしてくれ」とでも言うだろうか。

それもひとつのやり方なのだが、どうも納得できない気持ちがある。

だから光栄なのだが、肝心のこの老陰陽師はこちらを覗き込むようにしながらこう言った。

「おぬしのなかでは、ある程度の答えがあるのだろ？」

紫式部はかすかに視線を落とした。

「はい……」

「悩み事を相談する者のなかには、自分のなかにすでに答えがあって、その答えと同じことを言ってくれる人を捜したりするものよ」

「申し訳ございません」

「謝ることはない。やはりこのような陰陽師には手に余る。だから、おぬしの思うままにするとよい」

「それで、『何事もなく過ぎ去っていく』でしょうか」

「私はおぬしのこれまでの努力を信じているよ」

とうとう涙が流れた。静かに。一筋の流れ星のように。

「ありがとうございます」

光栄は座り直すと、あくびまじりに、「あと気になるのは藤原顕光《あきみつ》くらいかな」と、庭の花について話すようにさらりと口にした。

紫式部の涙が止まる。「顕光さまですか」

顕光は数年前から東宮の教育係である東宮傅《とうぐうのふ》を務めていた。仕える東宮は、敦成親王である。

宮中及び政の主要な出来事を日記に網羅するのが務めとも言うべき日記之家の長である大納言・藤原実資《さねすけ》に言わせれば、「出仕して以来、万人に嘲笑され通しである」となるのが、顕光という男だった。

顕光は藤原北家の血筋であり、父の藤原兼通《かねみち》は関白太政大臣《かんぱくだじょうだいじん》。しかも長男である。五男に生まれた道長と比べれば、遥かに恵まれた環境にあった。

だが、それに釣り合う力がなかった。

兼通は関白となると、顕光をどんどん引き上げた。自らの勢力の安泰とわが子かわいさゆえだったように思われる。

もしかしたら、それなりに顕光にも力があるかもしれない。しかし、下積みがない人間は弱い。人に仕えたことの少ない者は、人を仕えさせられないのだ。

ではなぜそのような男が、彰子の実子――紫式部にとっても大事な皇子――である敦成親王の教育係になったかと言えば、顕光の娘が三条天皇の第一皇子・敦明《あつあきら》親王に嫁しているからだろうと、紫式部は考えていた。

つまり、三条天皇は敦明親王を東宮に据えたいと思っているのだろう。

ともあれ、無能で名を馳せているという、古今未曾有の男である顕光がいったい何をするというのだろうか……。

「紫式部よ。おぬしは物語で美しいものだけではなく、醜いものもしっかりと書いてきた。だから、わかるだろう。男の嫉妬は根深く、たちが悪い」

「…………」

「生まれがよかったぶん、怨みは根深いだろう。自らを省みて精進もせずにな。陰に籠もり、長い年月、酒を造るように怨念が凝り固まっているのが視える」

「それでは東宮さまが……？」

「敦成親王さまは大丈夫だろう。そこに手を出せば、道長が烈火の如く報復するくらいはわかっているはず。だが、どこかで燃え上がるぞ」

光栄がここまで言うのだ。ほぼ確定の占と見てよいだろう。

紫式部が知っているかぎり、顕光が危険であると、光栄が話したことはない。もちろん、先ほどの彰子との話でもそのような内容は出なかった。

光栄は、自分にだけこのような秘なる占を明かしたことになる。

「……また、書かねばなりませんね」

光栄がほろ苦く微笑んだ。

「すまんな。おぬしに託す形になってしまって。もう私は死ぬから」

それほど親しく何度も会ったわけではないが、明らかに初めて見る表情だった。

ただの軽口などではない。光栄は自分の死期を悟っている――。

別離の悲しみがこみ上げてきて、紫式部は唇を噛んだ。

「いいえ。『源氏物語』にはまだ最後まで描いていない人物がたくさんいますから」

「新しい主上になって改元があるだろう。さらにその次の改元までに、物語を書き終えてほしい」

「はい」

涙を堪える。そうすべきだと思ったのだ。

「それでは、頼んだぞ」

「微力ながら託されました。国母の女房として」

光栄は破顔した。

「はっはっは。ありがとう。胸のつかえがひとつ消えたよ」

「そんな……」

「悪いと思っているよ。またおぬしに不妄語戒《ふもうごかい》を破らせるのだから」

不妄語戒とは「嘘をつくなかれ」という戒めで、仏教のもっとも基本的な五戒のひとつとされていた。

史実や伝記を書くなら多少の誇張や取捨選択はあっても、ありのままに書けばよいだろう。しかし、物語はそもそも嘘と言えば嘘の塊である。世間でそのように思われているし、『源氏物語』のなかで源氏にそのような言葉を語らせもした。

だからこそ、ときに史書以上に人というものを抉《えぐ》り出し、人というものの真を描き出す、とも言わせた。

ゆえに、それは書かずにはおれないものであり、書かれずにはいられないものであるから、その面から見ればまったくの嘘とも言い切れないかもしれない、とも。

御仏がどのようにご覧になるかまでは、わからないが……。

「ご安心ください。他の名のある女房たちのように、『晩年は出家をして仏道三昧に暮らしたい』という願いは、『源氏物語』をここまで長大にした以上、あきらめていますから」

「死んだあとは閻魔《えんま》大王がその者の生前の思いと行いを裁きにかけるという。私は陰陽師だから、寿命を司るという泰山府君《たいざんふくん》の神とは縁があるが、閻魔大王は伝手《つて》がないからなぁ」

と光栄が冗談めかして言う。

だから、一緒に少し笑った。

「ふふ。左様でございますか」

「閻魔大王と言えば、昔、参議の小野篁《おののたかむら》どのが夜な夜な閻魔大王の配下として活躍していたのだよなぁ」

小野篁は百六十年以上まえに没した実在の人物だ。反骨の人でもあったが、昼は官吏として働き、夜は閻魔大王の冥官《みょうかん》として閻魔大王の裁判の手伝いをしていたという話が残されている。

「まことの話でございましたか」

「まことの話よ。小野篁どのなら地獄のことにも詳しいだろうが、おぬしの人生と書いた物語のことは、私が閻魔大王にでも誰にでも証人になってやるさ」

「はい。信じております」

そうして、光栄は高倉第を去っていった。

その少しあと、賀茂光栄が没したという話を、実資が教えてくれたのである。


光栄の死を聞いたあと、紫式部は悄然《しょうぜん》となった。

その心の動きは、自分が思っていたよりも遥かに強く深く大きい。

心えぐる痛みのなかで、紫式部は悟った。

ああ、あの人は私の師だったのだ。

そう自覚した途端、涕泣《ていきゅう》した。

亡くなってから気づく愚かな弟子だったと思い、涙が止まらない。

深更にやっと泣き止んだ紫式部は、決断した。

源氏の物語の終着点たる「雲隠」についての決断である。


いま、「御法」「幻」の冊子と、「雲隠」の文字をまえにしながら、紫式部は胸のなかで光栄の面影に問うた。

「これで、よいですよね――?」

心のなかの光栄はただ微笑むばかりである。

その微笑みに恥じない自分かを確かめた紫式部は、外出の準備を始めた。

宇治《うじ》川を見ておきたかったのだ。


内裏は依然として混迷していた。

三条天皇が譲位する。それはいい。むしろ、遅きに失したくらいであるとは、どの公卿たちも思っていただろう。

口には出さぬが、彰子も紫式部も同感だった。

だが、三条天皇が譲位と引き換えに、ある条件を道長にのませようとしていた。

そのことを、久しぶりに顔を出した実資が教えてくれたのである。

紫式部は、不敬ながらその内容を聞いて、少しうんざりした。

「あれもこれも、気づいていないのは主上おひとりのようですね」

と紫式部がため息まじりに言うと、実資が「はい」と露骨に苦々しい顔を見せ、彰子が悲しげにうなずいた。

「この期に及んで、左大臣にそのような願い事を言うとは……」

自らの子・敦明親王を東宮につけよ、とやはり言い出したのである。

気持ちはわかる。

実子はかわいいものだ。

一条天皇のあとに三条天皇が即位して、東宮には一条天皇の子である敦成親王が立った。三条天皇が譲位すれば敦成親王が天皇となるのだから、その次の東宮には三条天皇の子をつけるべきだというのだろう。

順番だということだ。

だが、これでは結局、冷泉《れいぜい》天皇系統と円融《えんゆう》天皇系統のふたつにわかれた皇統が交互に天皇の位につくという流れが、そのまま続いていくことになる。

皇統がふたつにわかれたままでは、貴族たちはそれぞれの系統に勝手な期待をかけ、娘を持つ有力な公卿は入内合戦を繰り広げつづけるだろう。現に、道長は一条天皇に彰子を入内させたが、三条天皇が東宮の頃に彰子の妹である妍子《けんし》を入内させている。

ただし、妍子のほうは、まだ男児の出生を見ていない。

もっとも、三条天皇の言い分もわからないではない。

三条天皇が譲位して敦成親王が即位しても、まだ九歳。当然ながら、敦成親王の実子はいない。

天皇の子を東宮に立てたくても、いまは立てようがない。

だから、三条天皇は自分の子である敦明親王を東宮に立てるべきだと考えているのだろう。

しかし……。

「左大臣さまの力を少し小さく見過ぎているのでしょう」

「おそらく、そうでしょう」と実資が相づちを打った。

臣下において最高の力を持っているのは道長だ。その実態としては天皇をもしのぐ面がある。だから、一条天皇も中宮である彰子も手を焼いたのだし、紫式部も『源氏物語』を駆使して戦い続けたのだ。

だが、道長はわかりやすい顔も持っている。

道長の行動は首尾一貫している。

それは「自らの権力の安泰」に寄与するかどうかだった。

三条天皇に入内した妍子には、道長の直系男児がいない。敦明親王は道長の孫ではない。ゆえに、三条天皇の系統、つまりは冷泉天皇系の皇統をこれ以上庇護する理由は、いまの道長には、ない。

三条天皇が早く譲位するからこそ、敦成親王が幼年の天皇となり、自らが摂政《せっしょう》となれる。

敦成親王に子がいないからこそ、次の東宮を弟――つまりは自らの孫――の敦良親王にすることができる。

そうすれば、もう五十歳を過ぎた道長は、ほぼ間違いなく最高権力者のままに一生を終えることができると考えているだろう。

道長の私欲である。

だが、皇統がひとつに戻るという、願ってもない出来事が成就する。

「皇統が乱れなければよいと思い、左大臣のほしいままにさせていますが――」

と彰子は再びため息をついた。

もう冬になり、彰子も冬の装束だ。赤を基調とした上衣だが、品がよく、彰子の人柄によく合っていた。

「あえて申し上げますが、おそらく左大臣さまは、主上の願いを聞き入れると思います」

と紫式部が言うと、彰子よりも先に実資が難色を示した。

「左大臣にどのような得があるというのですか」

実資の反論を聞いて、紫式部は内心おかしかった。道長は損得で動く。常に一歩引いて原理原則を重んじる実資には、はっきりと見えているのだな……。

「左大臣さまが敦明親王さまを東宮に立てる約束をすれば、間違いなく主上は安心されるでしょう」

権力の安泰を至上とする道長にとって、もっとも恐ろしいもののひとつが「怨霊」である。

平安の都は、常に怨霊に脅かされ続けてきた。

最大の怨霊は大宰府《だざいふ》に流された菅原道真《すがわらのみちざね》で、その恐れゆえに「畏れ」となって、北野天満宮《きたのてんまんぐう》に祀られている。

怨霊を祀って神とするとは一体どういう理屈なのかと、紫式部などは素朴に疑問を抱いてしまうのだが、ともかくも男たちは政争に明け暮れた挙げ句、怨霊を作りだしては神として祀ることを繰り返していた。

いままで、怨霊となった天皇はいない。しかし、このまま四年余りの短い在位で終わらせ、次の東宮にわが子をつけたいという最後の願いをも潰してしまえば、三条天皇が怨霊になるのではないかと、道長は恐れているだろう。

「ただ、畏れながら、敦明親王さまご自身が東宮の重みに堪えられるかどうか……」

と実資が眉間にしわを作った。

「おっしゃるとおりです。それも、左大臣さまの狙いでしょう。敦明親王さまといえば、先年、大変な問題を起こされました――」

そう言って、紫式部は続けた。


長和三年のことである。

敦明親王は従者に命じて、源《みなもとのまさとも》 政職という人物を拉致《らち》したのだ。

政職は従四位下、加賀守《かがのかみ》を任じられている。

源氏姓は皇子皇孫から臣籍降下した者へ授けられる本姓であり、この政職も遡れば百三十年ほど前の光孝《こうこう》天皇へ行き着く。いわゆる光孝源氏の一員である。

もともと、政職は人柄において見劣りをする人物ではあった。

長和元年には政職が、任国である加賀国の者どもらが納税忌避のために逃亡したと報告しているが、ほぼ同時に加賀国の豪族らから政職が三十二もの不正行為を行っていると告発されている。

朝廷の陣定《じんのさだめ》でも問題視されたが、加賀国豪族らが出頭しなかったため、結局、豪族らが虚偽の訴えをしたとして罪を問われる形になった。だが、これは政職側の報復の待ち伏せを豪族たちが察知し、身をくらませたからだと言われている。

欲深く、国司を重ねて財をなし、民を苦しめる典型のような貴族だった。

国司を続けるために方々に働きかけたのか、手もとの財はそれほどではなかったらしい。そのため、あちこちで借財を負っていた。

政職が借財をした相手のひとりが、敦明親王の妹にあたる禎子《ていし》内親王だった。

このとき禎子はまだ二歳。いくら内親王とはいえ、二歳にして借財のあてにしたというのは、政職の良識が疑われるものである。

ちなみに、禎子の母は皇后・妍子。つまり、禎子は道長の孫にあたる。

政職は、その禎子への借財の返済を滞らせていた。相手が二歳だからと侮ったのかもしれない。

これに腹を立てた敦明親王が力による解決に訴える。

敦明親王が従者に命じて政職を拉致したのが、これである。

政職を自らの住む堀河邸《ほりかわてい》に監禁し、敦明親王は暴行を加えた。

しかも、堀河邸に連行するときには政職を牛車《ぎっしゃ》で運ばず、自らの足で歩かせている。

この時代、一定の身分ある貴族が外で牛車を用いずに足で歩くのは、それだけで不名誉なことだった。

もちろん、人目にさらされている。それが敦明親王の目的でもあった。

早い話が、天皇の第一皇子が、理由はどうあれ、受領《ずりょう》をさらし者にして拉致し、暴行を加えたのである。

前代未聞の出来事だった。

この件で、敦明親王の舅《しゅうと》にあたる右大臣・藤原顕光も大いに批判された。

「左大臣も、同じような事件を起こしたことがありましたね。あのときは、左大臣の面識ある役人のために、試験問題を聞き出そうとして……」

「とはいえ、臣下同士のいざこざと第一皇子の暴挙では世間の目も違います」

と彰子が嘆くように漏らす。

「そのうえ、左大臣の場合は横暴をするだけの力があるが、敦明親王さまの場合はそのような力がない」と実資が付け加えた。

「はい。そのため、敦明親王さまにはどうしても悪評ばかりがついて回る。そのような方が東宮についたとして、大納言さまはどのようにお感じになりますか」

大納言とは実資のことである。

「東宮と決められたなら、そう扱わねばならないが……」

「本心ではお仕えしたくないと思いませんか？」

実資が目を見張る。

「なかなか、大胆なことを言いますな」

「あ、そうでしたか」紫式部は汗を感じた。ちょっと踏み込みすぎただろうか。「でも、男の人々はそういうものではありませんか？」

「東宮さまではあまり軽々しく話にしていいかわからぬが……」

実資は紫式部の言葉を否定しなかった。

徳に欠けるところのある人物では、いかに第一皇子といえど東宮として仰ぎ見たくはないのが人の心である。

ただでさえ、三条天皇自身の評判がよろしくない。それだけでも十分、敦明親王への評価は厳しくなりがちなのに、本人が輪をかけて問題を抱えている。

敦明親王を東宮にすることは、三条天皇にも敦明親王自身にも、むしろ悪評となるかもしれないと紫式部は思っていた。

この点、一条天皇の一の宮の敦康親王は違っていた。人柄はよく、学識も詩歌の才もある。東宮につけなかったことに同情する貴族は密かに多いだろう。

　それもこれも、生母の定子が亡くなったあとに、彰子が惜しみない慈しみの心で養育したからだと、紫式部は確信していた。

　三条天皇と敦明親王は、貴族たちに顔をしかめられたまま退場することになるだろう。

　実資が腕を組んで唸る。

「紫式部どのは、いつの間にそれほどに政に精通なさいましたか」

　そんなふうに言われて、急に昔の「おどおどした自分」が戻ってきた。

「と、とんでもないことでございます」

「やはりあれほどの物語を書ける方なら、それだけの見識があるということなのでしょうな」

「お、畏れ入ります」

『源氏物語』を褒めてもらえるのはうれしいが、作者の自分がすぐれていると言われるのはどうも落ち着かない。

「敦明親王さまは、あの顕光どのの娘と結ばれているのも、評判を下げていますからな」

　と言って、実資は大仰にため息をついた。

「また顕光さまが、宮中で何かされましたか」

「あの人物は愚のまた愚」

「まあ」

「いっそ何もしないで欲しいものです」

実資が帰ったあと、彰子がこんなことを言った。

「紫式部は、左大臣の考えがよくわかるようになったのね？」

彰子の言葉に、紫式部は返事に窮した。

「あ、そ、そうでしょうか……」

「あなたが出仕してもうすぐ十年。私が父を敵であると明言してから、あなたはずっと『源氏物語』で戦ってくれていた。人間、味方よりも敵のほうが自分のことを熟知しているときがあると言うけど、どんな貴族たちよりもあなたのほうが父を理解しているのかもしれないわね」

「とんでもないことでございます」

彰子が小さく微笑み、話題を変えた。

「『源氏物語』の『御法』と『幻』、読みました」

「ありがとうございます」

「――とうとう、ここまで来たのね」

「はい」

それは、紫の上の死と源氏の出家の決意という物語の終局であり、彰子の実子が天皇となろうとしているいまのことでもあった。

「できれば、一条院にも見ていただきたかった」

「…………」

彰子は小さく洟《はな》を啜《すす》るようにして、こちらに微笑みかける。

「敦成はまだ九歳。支えなければいけませんね」

「左大臣さまは摂政になるでしょう。しかし、一条院の理想を主上に進講できるとは思いません」

道長にとっては「念願の」というべき摂政の位である。幼少の天皇を補弼《ほひつ》し、実質的に自らがすべての采配を振る。いまの都での最高の権力者だ。

それは道長の権勢欲と名誉欲の到達点であって、一条天皇が目指した仁政とは必ずしも一致しない。

すると、彰子がとんでもないことを言った。

「あなたが主上に進講するなら、どうかしら」

紫式部はびくりとなった。

「荷が勝ちすぎます」なんと恐ろしいことを口にする主人なのか。「むしろ、それは国母となられる皇太后さまのなすべきことかと……」

白い陽射しが斜めに深く大宮御所を貫いていた。

「──敦明親王さまの東宮擁立への父の本心については、私もあなたと同じ意見です」

「畏れ入ります」

「ただ……それでも敦明親王さまを東宮に立ててあげたいとは思っています」

「…………」

「いまの主上は間違いを多く犯したかもしれません。敦明親王も同じです。しかし、何かをきっかけに人は変わるかもしれない」

「はい」と頷《うなず》いたものの、紫式部はそれほど甘くないとも思っていた。

人は、逆境と順境でその人となりがはかられる。

凡人は逆境のときに世を恨んだり、暴れたり、やり直しの機会を放棄して退場する。

高い地位にあったときには機嫌良く働き、地位が下がるとわかれば縁を切るのだ。

たいていの場合、自分に何かの落ち度があるのだが……。

そのくせ、新しい主人のもとで「以前の主人では活躍できなかった」「居心地が悪かった」「ちょうどよい年齢になったので」などと言う。

これを凡人という。

同じように、順境のときにも凡人は本性を現す。

与えられた厚遇を当然と思う。うぬぼれる。もっと上に行けると単純に考える。感謝をしない。世の中が自分を中心に動いているように思い、熱心に働くことと自分が重要人物だとの我欲がすり替わっていく。

どちらも魔境だ。

敦明親王を東宮にしたところで、思い上がりが増長するだけで、これまでの前非を悔いてあらためるとは思えないのだが……。

そんな紫式部の想いを見透かしたかのように、彰子が苦笑した。

「ふふ。私のことを甘いと思っているのでしょ?」

「あ、いえ……」

「父はあれこれと圧力をかけて東宮を敦明親王から敦良へ替えさせようとするでしょう。わが子を東宮にしたいという主上の願いは儚いと私も思います。でも、少しだけ、何もよいことに恵まれなかった主上に、ほんの少しだけ喜びがあってもいいのかもしれないと思って……」

「……そうですね」

紫式部は彰子の使っている畳の縁に目を落とした。

一条天皇の一の宮である敦康親王のことが念頭にあるのだな、と思う。

同時に、彰子の発言には――もしかすると道長よりも――峻烈《しゅんれつ》な覚悟が潜んでいるように思えた。

敦明親王がどのように暗愚な東宮となったとしても、天皇や東宮の権威そのものは失墜しないように自分が目を光らせ、責任を取るという覚悟だ。

おそらく、自分もその「覚悟」の一端を担うのだろう。

その「覚悟」を確かめるかのように、彰子はさらに言ったのである。

「亡き一条院の遺志として、新しい東宮の頭中将には藤原道雅《みちまさ》を推したいと思っています」

紫式部は思わず息が止まるかと思った。

藤原道雅と言えば、その父親は藤原伊周《これちか》。一条天皇の后だった定子の兄であり、一条天皇の一の宮である敦康親王の伯父にあたる。

しかし、定子が世を去り、彰子が一条天皇を支えるようになることで道長に政治的に押されていった。

伊周はその時勢の変化に耐えられず、人と世を恨み続けた。不敬を働き、道長のみならず、生まれたばかりの敦成親王や彰子本人をも呪詛《じゅそ》し、結局、自滅していった男である。

伊周の死後、彰子はその遺児たちにはできる限りのことをしてやった。結果、長女は彰子の弟で道長の次男である藤原頼宗《よりむね》に嫁ぎ、次女は彰子の女房として受け入れた。

だが、問題の道雅だけはどうにもならなかった。

三条天皇の即位に伴って、道雅を春宮権亮《とうぐうのごんのすけ》に任じてはいた。しかし乱行収まらず、長和二年にはあろうことか東宮・敦成親王の従者をそそのかして三条天皇皇子・敦明親王の従者を拉致させて暴行をしたかどで、謹慎処分を受けている。

だが、道長が敬して遠ざけるために今年、左近衛中将《さこんえのちゅうじょう》にしたから、蔵人頭《くろうどのとう》になれば道雅は頭中将となれるのだった。

蔵人頭は、主上を補佐する秘書団長とでも言うべき位置にある。宮廷屈指の激務をこなすことになる。

ただし、この蔵人頭を勤め上げれば、参議となって公卿の仲間入りをするのが通例となっていた。

はたして、道雅がそこまでの器か……。

しばらく考えを巡らせて、紫式部はうやうやしく礼をした。

「皇太后さまの仰せのままに」

道雅は乱行の男であり、仕事ぶりもよくなく、評判がよくない。

もしかすると、これがほぼ最後の機会になるかもしれない。

はたして、そのような道雅に、自らが狼藉《ろうぜき》を働いた相手の主人である敦明親王を東宮として仕えることができるだろうか。

父と同様に自滅するのではないか。

だが、彰子は怯《ひる》まない。

生きているかぎり、何度でもやり直せる機会を作ってやろうとする。

心根がしっかりしている者なら、その慈母のような心に気づくだろう。

だが、性根がねじけている者には、拷問のように見えるだろう。

同じ水を飲んで牛は乳を作るが、蛇は毒を作る——釈迦大如来《だいにょらい》の御教えだ。

道雅がどちらになるか。

もちろんそれは、彰子が心底に秘めている願いである敦康親王を東宮にするためにも、よい影響をもたらすのではないかという思惑もあるかもしれない。

だが、彰子は信じているのだ。

道雅が立ち直ってくれることを。

伊周に到らぬ点が多々あって、父親として不十分だったとしても、亡くなってもうすぐ五年になる。道雅は来年二十四歳。父の教育はもう言い訳にならない。

彰子が信じているなら、紫式部はそれを信じる。

しかし、同時に万一のために備える。

考えを巡らし、物語の登場人物の心を汲み上げるように相手の心を測る。紫式部にとっての「信じる」とは、相手が何をする可能性があるかを知悉《ちしつ》しておくことだった。

無条件に信じていいのは御仏だけだ。

そして道雅は御仏ではない。

自分だって釈迦大如来ではないのだから、未熟なところは多くある。だからこそ、頭を使うしかないのだ。

顕光を警戒せよとの光栄の言葉もある。

顕光が敦明親王の舅であることも、このあとの心労と騒動の淵源のひとつになるのだが、まだそれがどれほどの脅威になるかは、陰陽師ではない紫式部には漠然としかわからないでいた。

いずれにしても、『源氏物語』は次を急いで考えなければいけない……。

紫式部は、伊勢大輔や和泉式部などの女房たちと力を合わせて、備えを万全にすべく尽力していった。

東宮の践祚《せんそ》——敦成親王の天皇即位の備えである。

「いよいよですね」

と伊勢大輔が決意じみたものを満面にみなぎらせていた。

「ついに皇太后さまが国母。めでたくはありますが……」

和泉式部が表情を曇らせている。

「何か気になることが？」と紫式部は尋ねた。

もし女房らこの高倉第の身内に不安の種があるなら、潰しておきたい。

すると、和泉式部は色白ながらつややかな頰に手を当てて嘆いた。

「いえ。国母の女房たるもの、これまでのように恋に身を委《ゆだ》ねてばかりもいられないのかなと」

「和泉式部はもう少し落ち着くべきです」

と伊勢大輔がしたり顔で腰に手を当てている。

「花に咲くなとは言えないものよ？」

紫式部は少し考えた。

和泉式部は華やかさや微妙な心の機微を穿《うが》つようなよい歌を詠む。その源泉が恋心にあるのはわかっていた。ただ、天皇の皇子と身分の壁をやすやすと飛び越えて恋に落ち、その皇子亡きあとはその弟皇子と恋をしたのだから、真似すべからずというか、真似できぬというか、以て瞑《めい》すべしというか……。

「まあ、よろしいのではないですか。これ以上は醜聞になるという境目は、もう自分でわかるでしょう？」

ぱっと、和泉式部が華やいだ。

「それは、もちろん。ご安心ください」

「……紫式部さま、匙《さじ》を投げたな」

「何か言った？　伊勢大輔」と和泉式部。

「いいえ。和泉式部はわれらのなかでもひときわ美しい花ですもの。おほほ」

和泉式部がよい歌を詠むことで彰子周りの女房団の評判をあげてくれるのと、みっともない恋の渦でもみくちゃになって彰子まで悪く言われないかどうかを比べるしかない。だが、和泉式部の最大の長所が恋によって引き出されるなら、ねじ曲げてしまってもいけないだろう。

自分だって、物語書きという長所を許してもらって彰子に生かしてもらっているのだ。彰子は決して自分に人前での流暢な交渉や、さわやかな弁舌は求めていない。求められても、ない袖は振れない。

だから、和泉式部に対しても彼女の長所が生きる形で、彰子に仕えてくれればいいと思う。

花は花のままでいいのだ。

その年のうちに、道長が譲位の勘文《かんもん》を提出してきた。

勘文とは、ある出来事に対する先例や実施する日時の吉凶などをまとめた意見書である。

この勘文を彰子に内覧願う、と道長が威儀を正して言上してきたのだ。

これが、国母・彰子の具体的な政務の初めなのだなと、紫式部はそばに侍《はべ》りながら身の引き締まる思いで、勘文を手にする彰子の指先を見つめていた。

内覧が終わったあと、彰子は紫式部を残して、こんなことを言った。

「これまであなたに教養を授けてもらったおかげで、勘文を詰まることなく読むことができました。ありがとう」

「と、とんでもないことでございます」紫式部は平伏した。

女に漢学はいらないとされ、歌を学べばよいとされたこの時代。漢籍を諳《そら》んじて「男の子だったらよかったのに」と言われた自分が、蚕《かいこ》が葉を食《は》むように書物をこつこつ読んできた先に、このように尊いお方から感謝される日が来るとは……。

「私はよい教え子だったかしら」

「な、何をおっしゃるのですか。皇太后さまはたいへん利発であられ……」少し噛んだ。「私こそ、到らぬ身でまことに申し訳ございません」

「そんなことはありません。これからも、私の師であってください」

「もったいないお言葉です」

冬の寒さを忘れるほどに、紫式部の頬は火照っていた。

長和五年正月二十九日、敦成親王は践祚し、後一条《ごいちじょう》天皇となった。

まだ九歳の新しい天皇であるが、父の一条天皇は七歳で即位していたから幼すぎるわけではなかった。

天皇御座所は土御門第《つちみかどてい》にしつらえた。

後一条天皇の即位に先立って、正月七日に彰子は太皇太后《たいこうたいごう》になり、妍子が皇太后となっている。

彰子は御帳《みちょう》の内から、即位後の拝舞《はいぶ》をする後一条天皇の姿を見つめていた。

その様子を遠い席で拝しながら、紫式部はそっと手を合わせた。

どうか幸あれ、と。

後一条天皇が生まれるまえから、紫式部は彰子の命で出産に伴う出来事の数々を日記の形でしたためてきた。

畏れ多いことだが、まるでわが子のように親しく思っている。

天皇の位は重い。

周りの貴族たちは決して無条件に天皇に仕えているわけではないのは、三条天皇が身をもって示してくれた。

道長がいて、彰子がいても、最後は後一条天皇ひとりにすべてがのしかかっていく。

あんな小さな、まだまだ彰子に甘えていたい年だろうに……。

即位というめでたい席にもかかわらず、紫式部はどうしてもこみ上げる気持ちを抑えられないでいた。

後一条天皇が即位したことにより、彰子は二十九歳で天皇の母たる国母となったのである。

東宮は、三条天皇の望みどおり、敦明親王。

摂政は藤原道長。これで、道長は摂政と左大臣を兼務し、臣下として望みうる最高の権力者となったのである。

さっそく除目《じもく》が行われ、彰子は紫式部に言っていたとおり、「道雅を蔵人頭に」という意思を示した。

道長はぎょっとした。

しかし、同時に彼なりの計算をした。

すでに道長は彰子に頭が上がらない。諸卿も、彰子をないがしろにしないと平伏している。

「一条院の遺志を示された太皇太后さまのおっしゃるとおりにしましょう」

道長は、道雅には蔵人頭は務まらないと頭から決めつけていたのだろうと紫式部は思った。道雅が失敗を続けることで、今度こそ道雅を沈め、彰子の「でしゃばり」を封じたいと考えて、認めたのかもしれない。

そのうえ、東宮は三条天皇の子である敦明親王という道長にとっては厄介な人物。

厄介者同士をくっつけてしまおうという魂胆もあるかもしれなかった。

蔵人頭となった道雅だったが、二月七日に春宮権亮の功労として従三位《じゅさんみ》に叙せられると、蔵人頭を辞退してしまった。

正直、紫式部はほっとした。

国母としての彰子が初めて大きく朝廷人事に介入した。その結果、その人物があまりに不出来だった場合、彰子を軽んじる者が出てこないとも限らなかったからだ。

蔵人頭を降りた道雅だったが、「母后の恩があるので、中将はそのままに」と言ったという。

母后とは彰子のことだ。

これは紫式部の予想を大きく上回る決着だった。

あの乱行の道雅でさえ、彰子の恩を大切に思っている——。

紫式部は彰子の人となりを「菩薩《ぼさつ》のようだ」と思っていたが、同じように、「太皇太后・彰子は尊いお方なのだ」とみなが感じ入るだろう。

権力を超える権威を、みなが彰子に認めていくようになる……。

結局、蔵人頭には実資の養子である資平《すけひら》がついたのだが、彰子が除目に具体的に影響を与えたのが大きかった。

除目は権力であると同時に、権力者がどのような価値観をもっているかを示すものでもある。紙に書かれた条文よりも、人事の動きを見て「上に立つ者」の好悪を嗅ぎとり振る舞うのは、目下の者たちにとっては古今変わらない処世術だ。

その権力者の独壇場とも言うべき人事に、権威をもって彰子が介入したのである。

彰子は僧ではない。一条天皇の理想の仁政を具体化するためには、言葉だけではなく、実態を見せねばならない。

それと同時に、後一条天皇が幼いのをいいことに道長の好き嫌いで除目や政を行わせないための牽制でもあった。

彰子も紫式部も、幼い後一条天皇を道長の傀儡《かいらい》にする気はなかったのである。

後一条天皇の即位式の日に、紫式部はあることをするように彰子に相談していた。

「ぜひとも太皇太后さまは、主上と同輿《どうよ》して行幸《ぎょうこう》ください」

自分のこととなると控えめな彰子が、少し困った顔になる。

「そこまで私が前に出てよいのかしら」

「よいと思います。常に主上と共にあってください。摂政さまもお認めになるはずです」

「父が？」彰子が不思議そうにした。「父こそ、私を毛嫌いしそうなものですが」

「ところがそうはいかないかもしれないのです」

道長は権力者だ。だが、公卿はじめ諸人が本心から服しているとは思えない。事あるごとに道長のやり方に異を唱える実資が大納言という位置にいるのは、道長が賢人と称される実資に一定の礼を払っているからだけではない。律令《りつりょう》の原理原則に精通した実資の教養と見識のほうが、道長の豪腕よりすぐれていると貴族たちが本心では思っているからだ。

しかも、理由はどうあれ、三条天皇を追い込んだ。

一条天皇の足も引っ張った道長だが、三条天皇にはもっと露骨だった。

みな、それを知っている。

自分たちも三条天皇を好ましく思っていなかったのに——いや、だからこそ、天皇を嫌ったというやましさをごまかすために——何かあれば道長から人心は離れる。

念願の摂政になれた道長である。三条天皇の譲位を正当化するためにも、後一条天皇の即位を正当化して支えるに違いない。

そのためには、彰子の権威がなければいけないと考えるだろう。

国母と天皇が共にあるのは前例がないが、だからこそ道長は新しい政の印象づけとして、これ以上のものはないと考えるだろう。

「……なるほど。よくわかりました。けれども、やはり少し気が引けますね」

「お気持ちは、お察し申し上げます」

小さく笑った彰子が、ちょっとした逆襲をしてきた。

「もし紫式部が私の立場だったら、どうですか」

「………………」

はっきり言って、恥ずかしい。

紫式部が黙っていると、彰子は少し笑みを深くした。

「わかりました。幼い主上を支えましょう。ただ、紫式部もひとつ約束してください」

「私も主上をお支えするためならば――」

これからも『源氏物語』の言霊を使いながら、後一条天皇を支えていくという覚悟は微塵も揺らいでいない。

しかし、彰子はやや違った約束を紫式部に迫った。

「あなたの娘を私のところへ出仕させてください」

「え」

「私の下では不服かしら？」

「そ、そのようなことは決して……。ただ、うちの娘、口は達者ですが、その、ちゃんと宮仕えができるかどうか……」

「それをあなたが言いますか？」

二の句が継げぬとはこのことだった。

本来恥ずかしがりの主従が力を合わせて後一条天皇を支えていくしかないのだ。

彰子は後一条天皇と同輿して大極殿《だいごくでん》に昇り、ふたりで高御座《たかみくら》についた。

紫式部の予想どおり、道長は反対しなかった。

その後の宮中行事も粛々と続いた。

三月には京極院内裏《きょうごくいんだいり》の清涼殿《せいりょうでん》で、石清水八幡宮《いわしみずはちまんぐう》の臨時祭《りんじまつり》の試楽《しがく》。

四月には賀茂祭《かものまつり》。

華やかな祭りの場での国母と天皇の微笑ましい姿は人々の心を和らげると共に、ふたりの権威を互いに引き立て合っていった。

六月になると、後一条天皇は新造された一条院内裏へ遷御《せんぎょ》した。

彰子も、その女房たちも一緒である。

何度も建て直されたものの、懐かしい一条院内裏の空気に触れて、彰子と紫式部たちはますます心をひとつにしていった。

彰子は後一条天皇を支えながら、さまざまな令旨《りょうじ》を発した。

紫式部ら女房たちが驚くほどの的確な後見ぶりで、彰子は政務を取り仕切ったのである。

新しい世となったのだともっとも印象づけたのが、秋の大嘗祭《だいじょうさい》だった。


大嘗祭は、天皇が新しくなった最初の新嘗祭《しんじょうさい》である。

行列の装束はすべて新調され、後一条天皇が潔斎《けっさい》する御禊《ごけい》もあらゆるものが新しくされ、以後の規範となることとされた。

行列を導く左近衛大将は藤原頼通《よりみち》。彰子の弟で道長の子である。

同じく右近衛大将は、実資である。

二十五歳の若い頼通と六十歳の円熟した実資が駒を並べる姿は、彰子の隙のない性格を表しているようでもあった。

さらに、彰子の弟の教通《のりみち》、頼宗が衛門府《えもんふ》の長官として続き、女御代《にょうごだい》は彰子の妹の寛子《かんし》が務めた。

車が何十台と続き、きらびやかな装束が冬の陽射しにきらめく。

殿《しんがり》の牛車には道長がいた。十二人の騎馬の者に先払いをさせての、堂々たる進行だった。

『源氏物語』で描かれていた絢爛《けんらん》な行列の再現を見るようで、いやがうえにも盛り上がるというものである。

実際、装束などの刷新には紫式部も意見を求められていた。

書物だけを黙々と読んでいた自分が意見をしていいのかと悩みつつも、紫式部はなすべきことを心を込めて、なした。

もっとも力を入れたのは、天皇のための御輿である鳳輦《ほうれん》だった。

鳳凰の飾りが黄金に輝く御輿に、後一条天皇と彰子が座している。

近衛大将から道長の牛車まで、すべてが夢のように美しかったが、鳳輦の優美さ優雅さには及ばない。

道長の権力を遥かに凌駕《りょうが》する彰子の権威のようであった。

紫式部は一向に忙しいままだった。

なかなかゆっくり筆を取る暇もない。

だが、うれしい忙しさだった。

大嘗祭が終わってひと息つき、後一条天皇即位後の忙しさに自分で閉口したほどである。

彰子の女房たちは、結束が強い。

本来、女房たちにも序列があり、生まれも高貴で主人に近しい縁のある上﨟《じょうろう》、受領階級の娘を中心とした中﨟《ちゅうろう》、それ以外の下﨟《げろう》の区分がある。

紫式部は中﨟女房ながら、実質的には彰子の女房たちをまとめるひとりになっていた。それもこれも、支えてくれる伊勢大輔や和泉式部たちがいて、実資のような心強い味方がいて、何よりも信頼を寄せてくれる彰子がいてのことだと、紫式部は有り難く思っている。

「ふふふ」と、ある夜、彰子が急に袖で口元を隠した。

「どうかなさいましたか」と紫式部。

伊勢大輔や和泉式部、赤染衛門たちも不思議そうにしている。

「物語を書いてもらうために来てもらったあなたに、物語のなかのように生霊払いの相談を陰陽寮《おんようりょう》につけてもらうことになるとは考えなかったと思ったのです」

これには紫式部を除く女房たちが苦笑した。

彰子に襲いかかるような不敬な生霊はいまのところいない。生霊に困っているのは道長である。ただし、正確には生霊かどうかもわからない。烏が庭先でこちらを見て三度鳴いたとか、母屋に鳩が入り込んだとか、何かあるとわざわざ彰子に言ってくるのだ。

彰子のそばには紫式部がいる。

道長は紫式部に聞かせたいのだ。

紫式部が賀茂光栄からさまざまな話を聞いていたというのは、公然の秘密だったからだ。

だが、紫式部は陰陽師ではないから吉凶の判断ができない。結局、陰陽寮に問い合わせるのだが、その頃には道長からも陰陽寮へ人が行っている……。

「それだけ紫式部さまが、抜きがたい方になっているという証拠でしょう」

と伊勢大輔が、わが事のように誇らしげにした。

「伊勢大輔、やめて」

「抜きがたいですよ。『源氏物語』を書ける人は他にいませんから」

と彰子が微笑んでいる。

「そろそろ新しい帖（巻）が欲しいところです」

和泉式部が目を輝かせた。

みながそれぞれに期待している。

紫の上は桜のように散った。

「御法」「幻」に、みな心奪われ、涙したのだ。

源氏も牡丹《ぼたん》のように崩れなければいけない。

その物語をみなが読みたがっている。

「次の帖は『雲隠』と言います」

と紫式部が言うと、女房たちは声にならぬ声をあげた。

それが収まるとめいめいに言う。

いつ頃書き上がるのでしょうか。どのようなお話になるのですか。きっと源氏の出家はとても厳かなのでしょうね……。

だが、紫式部はこう答えた。

「源氏の最期は書きません」と——。

第二章　心は闇にあらねども……

長和六年が明けた。

後一条天皇の御代は、摂政の藤原道長の権力と、太皇太后・彰子の権威に支えられて、平和である。

その平和がこちらにも欲しいもの、と紫式部は眉を八の字にしながら、実家をあちこち動き回っていた。

「ほんと、これでちゃんとお仕えできるのかしら」

その紫式部を、苦笑しながら見ているだけの人物がいた。

「母上、私はもう十八歳。子供ではありません。そんなに心配しなくても」

そう言っているのは藤原賢子《けんし》——紫式部のひとり娘である。

顔立ちは、母親の欲目かもしれないが、整っている。色白で、ふっくらとした頬は桃色に染まり、血色がよい。目は楽しいものをいつも見つけているように輝き、眉はやさしい弧を描いている。鼻も口も愛らしい。

自分のような、いつも何かを悩んでいるような八の字眉に育たなくてよかった、と紫式部は思っている。

物覚えは、よい。

女が学ぶべきとされた歌だけではなく、学問も授けた。

幼い頃に自分が身につけたかった学識を惜しみなく与えたのだ。

おかげで名のとおり賢く育ったのだが……。

「自分で子供ではないなどと言うのが、子供の証拠」

「太皇太后さまのお話は母上からずっと聞いていました。ちゃんとお仕えできます」

「あのね、話を聞いただけでできるなら誰も女房勤めに苦労しないの」

よく言えば賢いのだが、少々はきはきしすぎている気がしていた。

約束どおり、賢子が近々彰子のもとに出仕する。

そのために必要になる身のまわりのものを紫式部が一生懸命にそろえ、運びやすいようにまとめているのだが、当の本人はのほほんとしている。

「だって私、『源氏物語』の作者として名高い母上直伝で礼法は教わっているもの」

「それでもよ。あと、親をからかうのはやめなさい」

「はぁい」

だいたい、紫式部自身が最初は出仕に不適応だったのだ。年月が経ち、どういうわけか彰子の女房たちをときに取りまとめているが、他の女房と違って『源氏物語』を綴るために自分の局に黙々沈々と籠もっているのも多い。親を信頼してくれるのは有り難いが、紫式部自身がきちんとした立ち居振る舞いができているのかは、実を言うといまでも自信がなかった。

「太皇太后さまに出仕するとなれば、摂政さまや大納言さまが来ることもあるのだから、しっかりしてね」

「はいはい」

「『はい』は一度だけでいいの。それから、仮に摂政さまが言い寄ってくるようなことがあったら、とにかく逃げて私か伊勢大輔に教えなさい。厳しく対処するから」

「仮にも摂政さまともあろう方が、私なんかに……」

「そういう油断がいちばんの敵なの」

いい年をして出世もした男が、娘より若い女を欲するのを契機に転落が始まる。『源氏物語』「若菜上《わかなじょう》」に書いたとおりだ。万一うちの娘に手を出そうものなら、生霊になって夜な夜な耳元で「若菜上」をお経のように読みあげ続けてやろう。

紫式部はもう一度奥に下がり、冊子を手にして娘のところへ戻ってきた。

紫色の紙を表紙にした冊子だが、題字は書かれていない。

手渡された賢子が興味津々の面持ちになった。

「これは……？」

「あなたにあげます。私の『日記』よ」

「まあ」

一応、そこそこ有名な女房である自分の日記には、ちょっとは驚いてくれたようだ。

「入内した后に仕える女房にとって最大の勤めのひとつは、主人である后が無事に出産をすること。そしてこれは、他の宮中行事のように、年に一回必ずあるようなものではないから、女房としてどのように主人を支えるべきか、なかなかわかるものではない」

「はい」

「のちのちの女房たちのために、またその女房が仕える后のために、太皇太后さまがいまの主上と敦良親王さまをご出産したときの前後の模様をまとめておくようにと、太皇太后さまがお命じになったの。そうして私が書いたのが、この『日記』

出産の様子だけではなく、その前後の出来事や行事についても女房としての目線で書いてある。

懐妊から出産までの有り様は十人十色だし、同じ女性でも懐妊ごとに違う経過をたどることも珍しくない。現に、彰子も初産のときには産後にしばらく伏せっていたが、二度目の出産では本人も驚くほどに早く回復した。

とはいえ、大変貴重な記録であり、参考になる。

「私が受け取っていいものなの？」

賢子は、この『日記』の重みに気づいたようだ。

「写本は太皇太后さまにお出ししてあるから大丈夫。それに、これはあなたのためだけの一冊だから」

「私のための？」

紫式部は小さく苦笑した。

「私はこういう性格だから、最初は出仕になじめなくて……。いろいろあったのよ」

賢子が顔をしかめる。

「……いじめられたの？」

聡い子だ。

「まあね。ああ、そんな顔しないで。もう昔のことだから」

「——その人、まだ女房を続けているの？」

「どうかしら。もうどうでもいいし」

「…………」

「ほらほら。もう子供ではないのでしょ？　世の中、そういうこともあるのよ」

「でも……」

何しろ、忙しい大晦日に出仕し右も左もわからないでおろおろした挙げ句、年が明けたら三カ月も引きこもってしまった紫式部である。よく、引き続き出仕を許してもらえたものだと、いまさらながらに思う。

紫式部は笑って娘の両肩に手を置いた。

「だから、あなたはこれをよく読んで、私と同じような過ちをしないように気をつけること。そうしてくれれば、私の苦労も報われるというものだから」

賢子はしばらくうつむいていたが、自分のなかで折り合いをつけたのか、小さくうなずいた。

「がんばる」

「ここに書いてある貴族や女房たちの名は、すべて覚えておきなさい」

「……はい」

「まあ、あらかた官職は変わっているし、なかには亡くなった人もいるのだけど」

たとえば、同じ局で寝起きしていた小少将《こしょうしょう》の君《きみ》とか……。

賢子は紫式部の『日記』を胸に抱きしめるようにした。

「大切にします。母上」

「出仕したら、『紫式部』と呼ぶのよ？」

するとなぜか賢子が笑った。

「ふふ」

「何？」

「『紫式部』なんて改まると、母上はあの『源氏物語』の作者なのよねと、少し誇らしい気持ちになったの」

「そう言ってくれるのはうれしいけど、『私は「源氏物語」の作者の娘なのだ』というような雰囲気を出してはダメよ？」

わかっています、と賢子が答える。ややうるさそうに見えるのは気のせいではあるまい。

それでも、人の目というのは厳しいからなと紫式部は心配している……。

「出仕したら、私とあまり一緒にはいられないのだからね？」

「たしかに、ずっと母上と一緒というのは体面もよろしくないですよね」

と賢子が難しい顔をして小首をかしげた。表情が猫のようにくるくる変わる。利発な印象だなと思う。

「いまのうちに聞いておきたいことがあったら、聞いておきなさい」

賢子はぱっと顔を輝かせた。

「では、母上、教えてください」

「はい」

「どうして『雲隠』は題名だけにして、源氏の出家と最期を書かないことにしたの？　出仕したら私、きっとみんなに聞かれると思うの」

紫式部は苦笑した。

「御法」「幻」では、紫の上の最期を描き、源氏が彼女を偲びつつも彼女の古い手紙を焼いてしまって、出家の決意を固めたところで終わっている。

そのあとに続く「雲隠」の帖は、巻名のみをつけ、本文は書かないことにした。

これを告げたとき、一同が悲鳴を上げて、間は混乱した。蔵人が何事かと様子を窺いに来たくらいである。

理由については、語っていない。

けれども、賢子の言うとおり、自分が黙っていれば娘に、と聞きたくなる者も出てくるだろう。

「理由はいくつかあるのだけど……。『幻』まで読んで、紫の上の最期についてどう感じた？」

賢子には新しい帖が書き上がるたびに、すべて読ませていた。

「とても悲しかったです。けれども、もののあはれをとても感じて——心にしみじみと余韻が残りました」

「そう言ってもらえるとうれしいわ。私も力を入れて書いたから」

「その続きの源氏の出家と最期だから、どのようになるだろうと期待していたのだけど……」

「期待するわよね……。それが、『雲隠』に本文を書かなかった理由」

「どういうこと？」

紫式部は指でこめかみのあたりをかきながら、娘の目から視線をそらせた。

「紫の上の最期ほど、悲しく美しく書ける自信がなかったのよ。それに、何も書かないほうが、あれこれ思いを巡らす楽しみがあるでしょ？」

最初こそ美々しくも悲しみを背負った美貌の貴公子として創りあげたのだが、作者が勝手にいじり回した源氏だ。最期くらい、自由に解き放ってあげたいという気持ちはあった。

「ああ……たしかに。でも、少し安心した」

「どうして？」

「母上でも、これ以上を書ける自信がない、みたいなことがあるのね。自分の母だけど、『源氏物語』の作者かと思うと、なんだか遠い人のように思えるときがあったから」

「ふふ。私は神さまでも仏さまでもないわよ」

ただ筆を動かすことしかできない、そうすることでしか大切な人たちを守る術を知らない、愚かな女なのだ。

「けれども、『源氏物語』は続くのでしょ？　まだ『とぞ本にはべめる』で終わっていないから」

賢子が言ったのは、この頃の物語のおしまいにある結びの語のことだ。「とぞ本にはべめる」――と本にはございました、という言葉で、物語を完結させるのが暗黙の決まりのようになっていた。

「まあ、『雲隠』の書かれなかった本文にその言葉も含まれていると思ってもらってもいいのだけど」

「ほんとに？」

賢子の声が裏返る。品なし……。

「嘘よ。続きは書いています」

「よかった……」

「『源氏物語』のことで何か聞かれたら、紫式部に直接聞いてくださいと言っておきなさい」

はい、ときれいに答えた賢子が、また表情を動かして違うことを口にした。

「母上は『紫式部』かあ……。私はどんな女房名になるのかな。『紫式部』の娘だから『小紫《こむらさき》』、だと昔の冠位になってしまうし……」

「よく知っているわね」

「ちゃんと勉強したもの。……あ、『若紫《わかむらさき》』」

「それでは『源氏物語』の帖名か、紫の上の少女の頃になってしまうでしょ」

「ばれたか」

……出仕した賢子は紫式部の父――彼女の祖父――藤原為時《ためとき》の官職である越後守《えちごのかみ》と左少弁《さしょうべん》から「越後の弁」と呼ばれることになる。やがて彼女が「大弐三位《だいにのさんみ》」などと呼ばれるようになろうとは、母も娘も想像だにしていなかった。

出仕した賢子こと越後の弁は、伊勢大輔のもとで女房としての仕事を学び始めていた。越後の弁の指導を伊勢大輔にお願いしたのは紫式部だが、彰子からも同じ考えがあったようで、伊勢大輔は張り切っていた。

「お任せください。紫式部さまから学んだすべてを、越後の弁に間違いなく授けます」

伊勢大輔は、何年もまえから紫式部の娘の出仕を待っていたのだ。

「私から学んだことなんてほとんどないでしょう。それよりも、あなたらしく、あの子を——ああ、思わず言ってしまった。新しく入ってきた越後の弁を、太皇太后さまの女房として恥ずかしくないように鍛えてください」

紫式部はできる限り、越後の弁を指導しないようにするつもりだった。

どうしても情が入るとわかっているからである。

伊勢大輔なら能力としても人柄としても安心だし、生来の利発さが越後の弁とも通じ合うのではないかと思っている。

「お任せください」ともう一度繰り返した伊勢大輔が小さく笑った。「ふふ。紫式部さまもちゃんと人の母なのですね。思わず『あの子』なんて言ってしまうくらいに」

紫式部は顔が熱くなった。

その後、越後の弁は明るく笑顔を絶やさずに伊勢大輔はじめ先輩たちに、よく仕えている。

笑顔を保っているのがもともとの性格だけではなく、自分が渡した『日記』を読んでの振る舞いだったら、少しだけうれしい……。

忙しい政務の合間をぬって、彰子が紫式部に言葉をかけた。

「越後の弁、よい子ですね」

「お、畏れ入ります……」

例によって変な汗を感じるが、焦りや緊張だけではなく、こそばゆい感じがする。

そばにいた和泉式部がただの微笑みとも苦笑ともつかないふうにして、

「娘たちが同じ主人に仕えられるのも、太皇太后さまがお健やかでいらっしゃるから。とても有り難いことです。けれども、娘たちがこんなに大きくなったのだから年を取るはずだとも思ってしまいますが」

「和泉式部の娘の小式部内侍《こしきぶのないし》はとても優秀ですから」

お世辞ではなく、本心から紫式部が言うと、和泉式部は今度こそ苦笑した。

「ふふ。ありがとうございます。でも、小式部内侍も、それなりに苦労があるようで。

いい歌を詠むのですけど、私が代作しているのではないかと陰口を叩かれたこともあるとか……」

「そのようなことを言ったのは、ここの女房たちの誰かですか？」

彰子がふんわりと、しかし鋭く問う。

「いいえ。内裏の女官どもが火種だったようです」

「そうですか」と彰子が少し力を抜いた。「偉大な母を持った苦労でしょうけど、今度そのようなことがあったら私に教えてください」

「そんな……」

「決して争うつもりはありませんが、私の大切な女房たちを傷つけたり悩ませたりする者は許しませんから」

和泉式部が深く感謝して頭を下げた。

自らの庇護のもとにある人間を、彰子は徹底して守る。後一条天皇の母たる国母として政務を取りしきる彰子だが、その最大の美点は政治的手腕や発言力などではないことを紫式部はよく知っている。

遠くで越後の弁の声が聞こえたような気がした。

「ふふ」と和泉式部が笑う。

「な、何か」と紫式部がしゃんとなった。

「紫式部ったら、越後の弁らしき声がしたら、すぐにそちらに目が動く」

「…………」

越後の弁が何か仕事で失敗しはしないかと気が気ではなく、順調に務めていると聞いても心配でしょうがないのである。

「子を思う親の心の闇は、深いものですね」

と彰子が慰めともからかいともつかない口ぶりで言う。

「畏れ入ります」

それは、紫式部が『源氏物語』でもっとも頻繁に引用している歌の一節だった。

人の親の　心は闇に　あらねども
　子を思う道に　惑いぬるかな

――子を持つ親の心は闇ではないけれど、子供のことを思うと道に迷ったようになってしまうものよ。

読み手は堤中納言《つつみちゅうなごん》こと藤原兼輔《かねすけ》――紫式部の曾祖父である。すぐれた歌を数多く詠み、『古今和歌集《こきんわかしゅう》』などの勅撰《ちょくせん》和歌集に五十六もの歌が取られた。一族の誇りであり、彼の残した邸宅に幼少の紫式部は住んでいた。

この歌は、醍醐《だいご》天皇の更衣となった娘を案じて詠んだ歌と言われるが、子を持つ親ならば身につまされる一首である。

思えば、彰子、和泉式部、自分、と子を見守る立場の母ばかりがいまここには集まっていた。

彰子が話題を変えた。

「東宮さま、厳しいですか」

その問いかけは紫式部に向けられたものである。

「一女房の身分で口にするのは畏れ多いことですが、そのように伺っています」

物語を書いて引きこもっていることも多い紫式部だが、それ以外にも重要な務めがあった。

他の貴族からさまざまな話を集めてくることだった。

元来はそんなことは不向きである。しかし、そういうことになってしまった。

人は、日々の仕事で変わるものだなと思う。よくも、悪くも。

特に、大納言・藤原実資からの信任がどういうわけか、厚い。

実資は、気骨の男である。日記之家の当主として受け継いだ律令と政の精髄が、人の形を取ったような人物だった。教養があり、朝廷の運営の最後の審判者を自他共に認めている。

それなのに、と言うべきか、それだからこそ、と言うべきか、道長とは合わないし、道長に代表される権力の主流の者たちからは一定の距離を常に取りたがる傾向があった。権力者の側に同調しては、正しさそのものからの意見が言えなくなるとでも言わんばかりの行動である。

そんな彼特有の政治的態度が、後一条天皇の即位後にも出た。

一条天皇崩御のあと、実資は周囲がどのように思うかなどお構いなしに、一条天皇を偲び、彰子の見舞いに来てくれた。

そのうえ、紫式部を仲介して政の様子も教えてくれた。

三条天皇がどのような様子か、公卿たちがどのような態度を取っているか、道長が何を画策しているか……それらを実資がもたらしてくれたからこそ、彰子や紫式部は偏りなく時局を判断できたのだ。

ところが、後一条天皇が即位したことで、彰子は国母となった。

さらに、彰子の父である道長が摂政だ。

実資のものの見方からすると、彰子といままでのような接し方をするのは摂政・道長におもねったように受け取られるだろうと考えたらしい。

実資は彰子から一定の距離を取るようになったのである。

疎遠になったわけでも、険悪になったのでもない。その証拠に、何かあれば紫式部を呼び出す。

「『源氏物語』について教えてほしい」などと言っては紫式部を指名し、公卿たちの様子や陣定でのやりとりなどに動きがあれば、教えてくれる。

紫式部としては、「他の人に代えてくれないだろうか」というのが本音だった。

伊勢大輔はだいたい紫式部の代わりを務められるほどに成長したし、三条天皇の頃には実資の対応もしていたのだが、後一条天皇の即位後はそうもいかなくなってしまった。なまじ距離を取ってしまったために、伊勢大輔では呼び出す口実が作りにくいらしい……。

ともかく、紫式部は実資が分析した時局の流れを、彰子に伝えるという役目を負っているのである。

その実資から、「東宮・敦明親王さまから人心が離れている」という話が来ているのだった。

もともと乱行と狼藉が目立った敦明である。舅である顕光など一部を除く貴族たちは、道長が示唆《しさ》するよりもまえに、東宮としての敦明に仕えることを拒絶した。まるで穢《けが》れに触れるかのように、顔をしかめたのである。

「悲しいですね」

とだけ、彰子は言った。

敦明の自業自得と言えばそれまでである。顕光が舅として強く後見していけばなんとかなるところもあっただろうが、顕光の才ではむしろ互いの足を引っ張り合うだけだった。

彰子が、立ち直りのきっかけになればよいと祈る思いでなしたことだったが、当初の見込みどおり儚い夢に終わってしまいそうだった。

「摂政さまは東宮さまに渡すべき壺切りの御剣を、いつまでも渡さないとか」

「周りの者の反応は……東宮さまへの同情よりも、摂政を無言で支持しているのですね?」

彰子の問いは、ほとんど確認である。

はい、と紫式部がうなずくと、彰子は心痛を面にあらわにした。

今回、紫式部は『源氏物語』で東宮・敦明に訴えることはしなかった。そもそも、物語を読むような人物ではないと聞いていたからだ。

だが、彰子の悲しげな顔を見ると、何かしてあげるべきだったのではないかと思えてくる。

そんな紫式部の心を読んだかのように、彰子が『源氏物語』について問うてきた。

「このあとは、どう書くのですか」

傍らの和泉式部が、聞いていいのか悪いのかという目つきになる。とはいえ、頬のあたりには興味深げな思いがふつふつと湧いているのが見てとれた。

「源氏の物語は一段落しました」

「ほんとうに、『雲隠』は題のみで……？」

「はい。――やはり、お気になりますか？」

和泉式部が何か言いかけたが、それを制するように彰子がふわりと微笑む。

「あなたがそうしようと思ったのなら、それが物語にとってもっともふさわしいのでしょう。紫式部は『源氏物語』の母なのですから」

紫式部は頭を垂れた。物語の母にしては、厳しくやり過ぎたのではないかという気持ちもある。

視線を彰子に戻し、紫式部は続けた。

「けれども、もう少し書かねばならないことが――『源氏物語』の言霊の仕事はまだ終わっていないと思っています」

「あなたには苦労をかけますね」

「もったいないお言葉です」

「摂政が、『源氏の最期はどうなったのだ』と私にまで問うてきましたよ」

「ご迷惑をおかけしています……」

一条天皇が理想とした仁政を伝える――それが国母としての彰子の悲願のひとつだ。それには後一条天皇はまだ幼い。道長の横やりからよい意味で守ってやらなければいけない。

そのためには、『源氏物語』だ。

道長は、まだ読んでくれているのだから。

和泉式部は「まだまだ続きが読めるのですね」と喜んでくれた。

「蛇足だと思われないかしら」

「みな、うれしいと思います」

そういう読み手がいるなら、筆をとる勇気も湧いてくる。作者冥利に尽きるというものだった。

「少しだけお話しすると――次の主たる舞台は、宇治です」

「雲隠」のあと、「匂兵部卿《におうひょうぶきょう》」「紅梅《こうばい》」「竹河《たけかわ》」――のちに「匂宮三帖《におうみやさんじょう》」とも呼ばれることになる――で、源氏亡きあとの子孫たちの現況を語ったあと、本格的に語り出す物語の舞台である。

ちなみに「匂兵部卿」「紅梅」「竹河」はすでに書き上げ、近々写本に回される。

「舞台は都ではなく、宇治？」と和泉式部が繰り返した。

宇治は平安京の南端である朱雀門《すざくもん》よりさらに遠い。都ふたつぶんほども南に下り、さらに都ひとつぶんほど東に行かねばならない。かつて都だった長岡京《ながおかきょう》の東と言った方がわかりやすいくらいだった。

そのような宇治だが、京都と奈良《なら》、近江《おうみ》方面を結ぶ陸路と水路の要衝として古来重要視されている。同時に、この時代には嵯峨野《さがの》と並んで貴族が別邸を構える場所としても有名だった。

地名だけ聞けば、都から離れた美しい土地での夢物語を予感させるかもしれない。源氏の色好みの延長で、都の政争とは別世界での恋の物語を期待するかもしれない。

そのどちらでもあるように見えて、そのどちらでもない。

紫式部が説明する。

『『源氏物語』は、光源氏という聡明で怜悧《れいり》で地位も約束された輝かしい人物の一生を追ってきました。けれどもそれは前半まで。『若菜上』から、そんな輝かしい夢は徐々に色あせ、現実の無常の風にさらされていったのです」

「その結果が本文の何もない『雲隠』——文字通り、源氏は隠れてしまった」

和泉式部の表現、さすがになかなかよかった。

光隠れたまひにし後、かの御影に立ちつぎたまふべき人、そこらの御末々にありがたかりけり。

——光源氏がお隠れになってのち、かの輝きを継げるような人は、たくさんいるご子孫のなかにもなかなかいらっしゃらなかった。

「そう。そうしてほんとうは夢から覚めなければいけなかったのに、まだ夢を見たがる人間がいる」

「摂政のことですね」

と彰子がつぶやくようにする。はい、と紫式部がうなずく。和泉式部は、そういうことかという表情で首肯《しゅこう》した。やはり聡い。

源氏に託して、「権力を得ても、諸行は無常である」「さまざまなところに転落の端緒はあるのだ」「自らの横暴を通すために世間があるのではない。世間のために自分がいるのだ」というようなことを、手を替え品を替えて訴えてきた。

幾分かは、通じた。

だが、あれだけの物語を費やしても、道長は夢のなかにいる。

摂政につくという権力の夢がかなったのだから、もう少しその夢を見ていたいという気持ちもわかる。

けれども、夢は覚めなければいけない。

それが、これから始める宇治の物語である。

「これからの物語は摂政さまに必要ですが、私にも必要なのです」

と紫式部が補足すると、彰子が小首をかしげた。

「それはどのような……？」

「『源氏物語』の大黒柱であり、物語そのものを背負った源氏は退場しました。彼がいなくなった物語の世界は色を失うと同時に男の手を離れたのです」

「これからは『女の物語』になる、と？」

紫式部は自らのこめかみのあたりを指して、

「中心になる女たちはすでにだいたいこのなかにいます」

「ふふ。今度は源氏に代わって女たちが、摂政を諫めるのですね」

「はい」

ちょうど、美しく聡明な彰子があでやかな上衣を翻《ひるがえ》しながら、国母として道長の上に立っているように。

これまでも紫の上はじめ、物語の女たちにも戦ってもらってきた。

しかし、宇治の物語は、源氏のいない現実の人の世での「女の物語」になっていくのだ。

「そのような壮大な狙いを秘めながら、あれほどに美しい物語を書き上げるのですから、立派なものです」

と彰子が褒めれば、和泉式部も「まことに」と感嘆したようにうなずいている。

紫式部は狼狽《ろうばい》した。

「そ、そんなにおっしゃらないでください。企みだけあって、うまく書けるかどうかは別ですから……」

だが、意図したとおりに書き上げられれば、これは彰子を支える物語になるだろう。

それは、彰子を支える紫式部の物語にもなるはずだ。

さあ、私たち主従と、あなたとの最後の戦いを始めましょう。

紫式部のまなざしの先にいる道長は、次の動きを始めようとしていた。


長和六年三月、道長の上表《じょうひょう》があり、摂政が道長の嫡子・頼通に替わった。

同時に氏長者も頼通にした。

その知らせを聞いて、紫式部は思わず舌打ちしそうになった。

道長、太皇太后さまを真似たな、と思ったのである。

頼通はまだ二十六歳。若い。

摂政と氏長者を継いだとはいえ、道長が後見でつく。

道長は長和五年十二月に左大臣を辞していたから、公的な職からはいったんすべて退いたことになる。

だが、一見、権力から退いたかに見えて、頼通を後見する「権威」を把持しているのだ。

道長の「権威」は彰子の「権威」とは違い、「実権」というものを隠蔽《いんぺい》した呼び方に過ぎないのが、底の浅いところだった。

その道長には従一位《じゅいちい》という位が贈られた。

これは彰子の意向である。

おかげで、「叙位を私している」との評判はほとんど立たなかった。

こうして後一条天皇の周りは、太皇太后・彰子、摂政・頼通が固めつつ、道長も大殿として官職の縛りもなく動いていることになる。

まるで内裏全体が一家全体のようになっていた。

「このようなあり方を、他の貴族たちはどう見ているでしょうか」

と彰子は紫式部の意見を求めた。

もうすぐ夏。庭木の緑があざやかである。

「大納言さまは、苦言を呈しましょう」

「あの方は、それが役目のようなものですから」

「はい」

と、彰子と紫式部は小さく笑った。

実資が口やかましく道長を叩いてくれるから、道長が十の望みを八程度で抑えてくれているのも事実だった。自分の『源氏物語』よりもよほどに露骨に攻撃をしてくれている……。

「他の貴族たちは……？」

「本来、政敵となるような立場の方々はそれぞれに手一杯のようです」

運がいい、と思う。これも彰子の徳のなせる業だろう。

譲位した三条院も精彩を欠いていた。

「先だって、三条院から父に、当子《とうし》内親王さまのことで相談があったようですね」

紫式部は苦笑がこみ上げた。

当子内親王は三条院の娘だ。三条院が在位のあいだは伊勢斎宮《いせさいぐう》として清らかな日々を送っていたが、譲位に伴って斎宮職から離れ、都に戻っている。たしか十七歳くらいだったか。

ついこのあいだまでの政敵に、自分の娘のことを相談するとは。三条院の周りにはつくづく人がいないのだなと思う。

「院は大殿（道長）さまを頼られましたか」

「なんでも、内親王さまと道雅どのが通じているとのことで」

自分になんの相談もなく、しかも相手が狼藉を数多なしてきた道雅だというのが腹立たしいということらしい。

「斎宮職にあるときならまだしも、すでにその職を退いたのですし、当人たちに任せておけばよいものを……」

「結局、ふたりは割かれたようですが、以来、内親王さまは三条院を避けているとか」

当子内親王は、かつて伊勢下向に際して、振り向いてはならないという決まりを破ってまで、見送りの父との別れを惜しんだと言われている。

その娘が恋のひとつをきっかけに父から離れていった。

よくある話と言えばそれまでなのだが、何事も自分の思うとおりにしたいと思い、結局何も自分の思うとおりにできなかった三条院にしてみれば、心痛の極みだったろう。出家の身分なのだから、そのような些事《さじ》から離れていればよかったのに……。

彰子と紫式部がそんな会話をしてすぐの五月。三条院が崩御した。享年四十八。

あまりのあっけなさに、紫式部はとっさに声が出なかった。

これを機に、またさまざまなことが動くだろう。

事実、八月には敦明親王が東宮を退きたいと言い出した。

「東宮さまが……そうですか」

と彰子が悲しげにした。

父の三条院が崩御し、皇后だった母の娍子《せいし》も体調が思わしくない。そのうえ、東宮傅の顕光の無能に反発する形で、東宮大夫《たいふ》の藤原斉信《ただのぶ》がぶつかっている。

紫式部は、実資らから集めた話をまとめ、彰子にそのように説明した。

「ということで、東宮であっても何もよいことがない、と」

「よいことがあるとかないとか、ご利益でなるものではないのですけどね、東宮というものは」

彰子が珍しく苦言を口にした。それだけ敦明を信じていたのだろう。

敦明親王が東宮を降りると、道長は敦明親王に小一条院《こいちじょういん》の尊号を贈った。さらには官爵や受領などの収入面をそのまま保障してやり、随身たちも留め置いて体面も保ってやった。

彰子と紫式部は、そのあまりの大盤振る舞いぶりにかえってそら恐ろしいものを感じた。

「大殿さまは、間違いなく次の東宮に敦良親王さまを考えているでしょう」

敦明親王へのこってりするほどの厚遇がその意向を物語っている。

彰子は黙ってうなずいた。

おそらく道長は、この処遇を彰子も喜ぶだろうと思っているのだ。

なぜなら、彰子が産んだふたりの皇子が天皇と東宮になるのである。これ以上の名誉があるかと道長なら考えるだろう。

しかし、彰子はおそらく……。

紫式部が彼女の言葉を待っていると、彰子はまっすぐこちらを見つめて言った。

「父にもう一度、一の宮・敦康の東宮遜位《そんい》を願いたいと思っています」

「はい」と紫式部は穏やかに微笑んで、主人の言葉を受け止める。

「紫式部。私のこの願いは、亡き一条院の願いをかなえたいという願いは、御仏が戒める執着だと思いますか」

「釈迦大如来が説いた執着とは欲望のことだと解釈しています。畏れながら、太皇太后さまには欲心はないと拝見いたします。ならばそれは、執着ではなく志であり、理想ではないでしょうか」

ほぼ書き上がっていた宇治の物語の書き出しを変える必要がありそうだった。


そのころ、世に数まへられたまはぬ古宮おはしけり。

——その頃、世間からものの数として数えられないでいた古宮がおいでになった。

敦康親王を忘れているのではないか、道長よ。——新しい物語「橋姫《はしひめ》」は痛烈な一言から始まった。

だが、彰子と紫式部の固い決意は、予想を遥かに超えた形で影響することになる。

「橋姫」が出た頃、道長が大きな失態を犯した。

紫式部の痛烈な一言に怯んだのか、道長は敦良親王が東宮となることを決定の翌日に彰子に伝えたのである。

彰子は激しく怒った。

これほどに怒った彰子を見たのは、紫式部も初めてだった。

あまりの恐ろしさに顔も上げられない。

「一条院の遺志を忘れたのですか。敦康を東宮にしなければいけません」

彰子は強い怒りの涙を流しながら、道長に厳しく詰め寄った。

だが、道長も引かなかった。

「それはならぬ」

結果、言い合いは苛烈を極めた。

まるで雲の上で龍と龍が雷をたたきつけ合うようだった。

顔を伏せ、耳を塞《ふさ》ぎ、ただ彰子に任せるしかない。

日記にすべてを記すことが役目であるはずの実資でさえ、何も書き残すものではないと判断するほどである。道長にすりよりながら生きてきた藤原行成《ゆきなり》も、自らの日記には何も書けなかった。

他の者たちも、示し合わせたかのように沈黙を守った。

嵐が過ぎ去るのを待ちながら、紫式部は、その言い合いの激烈さゆえに彰子の負けを予感していた。

強く出れば、最後は権力を持つ者のほうが勝ちやすくなる。

結局、「東宮・敦良親王」の決定は覆らなかった。

彰子の懇願は、またしても聞き届けられなかったのである。


紫式部が局で『源氏物語』を書き進めていると、簀子《すのこ》から声がした。

「いま、よろしいでしょうか」

越後の弁だった。

「どうぞ」と紫式部が言うと、越後の弁が御簾の向こうからひとりで局に入ってくる。

紫式部は筆を置いた。越後の弁、いや娘の賢子の表情が暗い。

「いまだけは内緒の対応が必要なようね。——どうしたの?」

紫式部が母の声で問うと、賢子は目に涙をためた。

「太皇太后さまが、おつらそうで……」

「あらあら。それであなたが落ち込んだの？」

紫式部は娘を手招きする。賢子がそばに来ると、紫式部はそのつややかな黒髪をなでた。

「どうしてこんなにも大殿さまはかたくなだったのでしょう」

と言うと、賢子は涙をこぼした。

「大殿さまは年を取っているから。敦康親王さまが東宮になって、その次に敦良親王さまを東宮に、というのが待てないのよね」

これは後一条天皇となった敦成親王を東宮にしたときと同じ理由だ。

「けど……」

「もうひとつ、大殿さまは欲が出ているのよ。自分の血を引く孫が主上となった。同時に自分の血を引くもうひとりの孫が東宮となれば、主上と東宮の両方が自分の血を引く孫で占められる、と」

涙を拭った賢子があることに気づいた。

「でも、それなら、太皇太后さまだって、ご自身の子が主上と東宮になるのよね？」

九歳の敦良親王が東宮となれば、彰子にとっては自らの子ふたりが天皇と東宮という古来稀有な誉れを得ることになる。後一条天皇はまだ十歳。彰子が内裏の大宮御所《おおみやごしょ》で政務を取りしきってもいる。

「そうなれば、太皇太后さまは『天下第一の母』と呼ばれるでしょう。でも、あのお方はご自身の名誉なんてこれっぽっちも考えていらっしゃらないのよ」

賢子が洟を啜った。

「噂では小一条院さまが、東宮に戻りたいと漏らされたとか」

紫式部は苦笑した。

「耳が早いわね。そう。小一条院さまがそんなことを」

後悔先に立たずというものだ。ほぼ確信を持って言えるが、粗暴な小一条院を東宮に仰がなくてよくなって、貴族たちは内心、安堵しているはずだ。かわいそうだが、小一条院の未練など誰も取り合わないだろう……。

「敦康親王さまはどうなるの？」

「――太皇太后さまは、敦康親王さまが東宮となるのを信じて、微塵《みじん》も疑っていないことだけは確かね」

「やはり――」

今回の道長との激しい言い争いも、前回のときと同じく、敦康親王を愛していればこその行いであり、その行いと思いは必ず敦康親王のところへ届いているだろう。

道長と対したときに彰子が流した涙は、自らの情のほとばしりによる涙だけではない。「こんなことしかしてやれない母を許して」という敦康親王への謝罪の涙でもあったのだ。

「私は太皇太后さまについていくだけ。あなたはどう？」

賢子が表情を引き締めた。

「太皇太后さまがそのようなお覚悟であるなら、私、どこまでもついて行きます」

娘の生真面目な答えが、紫式部の心をいまは強くあたためてくれている……。

「……私の思ふことかなはぬ嘆きのみ、年月に添へて、思うたまへはるけむ方なきこと」

――「……私事ながら思い通りにならぬ嘆きばかりが、年月に重なって、晴らしようもないことでございます」

敦良親王が東宮と正式に決まってしまうと、彰子は今度は敦良親王のために徹底して奉仕した。

こうして、八月のうちには九歳の敦良親王が東宮となったのである。清涼殿で敦良親王は東宮として兄の後一条天皇に拝し、次いで彰子の大宮御所のある上の直廬《じきろ》へ行って拝舞した。

紫式部はその敦良親王の姿に感涙にむせぶばかりだった。自らの「日記」に書いたふたりの皇子がこのような姿に成長したのだと思うと、御仏の導きにただただ感謝するばかりである。

もちろん、道長は儀式の前後は相好を崩しっぱなしだった。彰子もそっと涙を袖で押さえていたが、道長とはよって立つところが違う。栄華の奥に、宇治川の音にも似た無常の響きを見つめているのが、道長と彰子の違いだった。

寛仁《かんにん》二年、十一歳の後一条天皇が元服した。

元服の加冠役は太政大臣が務める。この官職は左大臣の上にあるが、名誉職である。彰子は道長を任じる宣旨《せんじ》を出し、摂政・頼通が実資と相談をしたあと、頼通自身が道長への使者を務めた。

元服なった後一条天皇に、入内の話が立ち上がるのは当然の成り行きと言えた。

「太政大臣から話が来ているのですが、よいですよね？」と彰子は紫式部に相談している。

「よろしいと思います。先送りにして、妙なところから嘴《くちばし》を容れられてもかないませんから」

こうして、寛仁二年三月、道長の三女である威子《いし》が入内した。後一条天皇からは九歳年上である。

すでに二十歳となっていた威子には、九歳年下の甥への入内は人目に触れることも恥ずかしいようだった。だが、後一条天皇のほうは頻繁に通うようになったので、関係は極めて良好に始まったのである。

四月、新造された内裏へ後一条天皇が遷御した。彰子も同興している。

彰子は麗景殿《れいけいでん》に入った。紫式部たちも一緒だった。

「夏の初めの緑のよいときに引っ越しとは、心が浮き立ちます」

と伊勢大輔が紫式部の新しい局の整理を手伝ってくれている。

「手伝ってくれてありがとう。引っ越しのたびにこれだけの書物も移動になるから、ひとりでは大変で……」

その言葉どおり、局のなかにはさっそくあちこちに書物が山と積まれていた。

「ふふ。何度かお手伝いしていますから、なれてきました。……これ、ぜんぶ『源氏物語』のための調べ物に使っているのですよね」

「ええ。——あ、それはこちらに頂戴」

どの書物を手近に置くか、結構重要なのだ。

「こうして紫式部さまのお近くにひとりでいるの、なんだか久しぶりです」

「あなたも忙しいものね」

「越後の弁、とてもいい子ですよ」

「……ありがとう。でも、それはあなたの指導がすばらしいからよ」

伊勢大輔がはにかむ。初めて出仕してきた頃の、あどけなさがまだ残っているようだった。

内裏のあちこちから賑やかな声が聞こえてくる。

「飛香舎《ひぎょうしゃ》に女御さまが入ったのですね」

ここでの女御とは、先月入内した威子のことだ。

「大殿さまの直廬も作られたのでしょ？　あと、凝華舎《ぎょうかしゃ》は東宮さま、淑景舎《しげいしゃ》には摂政さまが入られた」

後一条天皇を中心として一家全員が移ったようなものだった。

「これでしばらくは安泰ですね」

「引っ越しという意味ではね」と紫式部は苦笑した。

後一条天皇と女御・威子の関係はうまくいっている。だが、他の后が続々と入内してくるようになっては困る……。

それは彰子も同じ気持ちのようで、「少し考えないといけませんね」と相談を持ちかけられた。

「大殿さまは、後一条天皇の権勢を盤石にする内容であれば、だいたい承諾してくれるでしょう」

後一条天皇の加冠役のためだけに太政大臣となった道長は、すでに太政大臣を辞している。

彰子はさわやかな薄緑の小袿《こうちぎ》を着て脇息にもたれながら、

「父の気が変わらないうちに、事を運ぶべきということかしら」

「はい」

「しかし、あまりこれ見よがしなことをするのもどうかしら」

「お気持ちはお察し申し上げます。ただ、どのようであっても太皇太后さまが太皇太后さまであることにお変わりはありません」

　すると彰子が滅多に言わないことを口にした。

「ふふ。でも、私だっていつ父のように権力に取り憑かれるかわからないわよ？」

　冗談めかしているが、本心の一端だろう。

　またしても前代未聞のことになろうとしているからだ。

　だから、紫式部は答えた。

「そのように権力を畏れているあいだは、太皇太后さまはお変わりになりません」

　七月、彰子から道長と頼通に、威子の立后について打診をした。

　それを受けて十月十六日、威子の立后の宣旨が出されたのである。

　太皇太后・彰子、皇太后・妍子、中宮・威子。

　三姉妹の立后が同時になり、独占する——史上初の出来事である。

　道長の威勢をこれでもかというほどに示していた。

　当然、道長はうれしい。

　だが、こういうときに喜びつつも、それを目に見える形で周囲に振りまくことで懐柔し、嫉妬や怨念を和らげようとするのも道長である。

　立后の宣旨が出た日の夜、京極殿の公卿たちを、道長は饗応した。

紫式部や伊勢大輔、和泉式部といった名の知れた女房はもちろん、越後の弁らも大忙しである。

道長は笑い、語らい、酒をのんだ。

饗応のあとの続きの酒席でのことである。

貴族が大勢詰めかけ、酔い、押しのけなければ酒をつげないほどだった。

久しぶりに酒が進んだ道長が夜空の満月を見て感嘆し、即興の歌を詠んだ。

この世をば　わが世とぞ思ふ　望月の
欠けたることも　なしと思へば

――この世は、私のための世だと思う。満月のように欠けたところもないと思えるほどに、私は満ち足りている。

この歌に対して、実資が返歌を求められた。実資は「返しようもございません」とし、代わりにみなで道長の歌を唱和することにした。

のちに、実資からこの話を聞いて、紫式部は辟易《へきえき》した。「驕り高ぶったような歌ではあるが」と告げて詠んだと言うが、それにしても、と思ってしまう。

その日、実資はわざわざ摂政・頼通に酒をついでやっている。この気難しい教養人がせっかくまだ年若い頼通を支えてあげようとしてくれていたのに……。

紫式部は額をこすりつけるようにして実資に謝罪した。

もっとも、実資は苦笑するだけで別段気分を害しているふうではなかった。「一家三后なるは未曾有のこと。めでたいことには変わりません」と、からりとしている。

実資が、感情で善悪を判断していない人間であって助かったと思う。

紫式部の報告に彰子は苦笑していた。

「権力者というのは善くも悪くも自分を売り込むことを考えているのでしょう」

だが、当の道長は、すっかり忘れてしまった振りをして、この歌を自らの日記には書き残さなかった……。

だが、あとになって思えば、この歌はほんとうにめでたい歌だったのかどうか……。

望月はときに十六夜を指すこともあるから満月とは限らないが、歌を見る限りは満月を指しているだろう。

満月は、これから欠けていくしかない。

即興で作ったがゆえに、そこまで思い至らなかったのか。

だが、月は欠ける。

音もなく、誰にも気づかれぬうちに――。

寛仁二年十二月十七日。

亡き一条天皇の一の宮・敦康親王が二十歳の若さで、この世を去った……。

第三章　道長の出家と女郎花の幻

やはり私は陰陽師にはなれない。

時の心を読むなんてできはしない……。

敦康親王の薨去《こうきょ》を受けて、紫式部は局の文机でただ呆然とした。

まだ二十歳——つい先日中宮となった威子と同い年ではないか。


その日は、藤原道長の法華八講《ほっけはっこう》が開かれていた。

太皇太后・彰子も臨席している。

敦康親王については、急病を知らせる使いが、彰子の弟の摂政・頼通から来ていたという。

病を案じつつも、小さい頃から病気がちでもあったので、なおさらに法華経の功徳で平癒を祈願する気持ちもあって、彰子も紫式部たちも法華八講に出ていた。

もちろん、重篤な病ではないと思っていたからでもある。

ところが――。

敦康親王は危急に陥り、そのまま帰らぬ人となってしまったのである。

そのとき、紫式部は彰子のそばにいて、知らせを聞いた。

「え……？」

と言ったきり、彰子の瞳が焦点を失う。

紫式部も、何を言われているのかまったくわからなかった。使者の声は聞こえているが、言葉として聞き取れない。言葉がわかっても、意味が把握できない。

この身体と心の感覚は、一条天皇崩御の知らせを聞いたときに似ていた。

法華八講の音声がその向こうに聞こえる。

「太皇太后さま」と声をかけたのが、自分か他の女房なのかもわからない。

彰子の両目から涙が流れ出た。

一筋、頰を伝ったあと、ほとばしるように涙があふれる。

彰子の喉の奥から悲鳴のような声が発された。

悲しみ崩れた彰子を、ただ紫式部は抱き支えることしかできない。

その自分の頬にも、止まることなく涙が流れた。

それから、何をどうしたのか、よく覚えていない。

ただ、敦康親王薨去の知らせはすぐさま貴族たちに広がった。

知らせが広まれば、それに対する反応も返ってくる。

多くの人が、敦康親王の死を悼んだ。

敦康親王と同じ邸の頼通とその妻もひどく嘆き悲しんでいる。だが、自らも悲しみつつも、残された敦康親王の妻とひとり娘を慰めていると伝わり、またしても人々の涙を誘った。

「風雅な才人であられた」——従二位《じゅにい》の藤原公任《きんとう》のその言葉が、敦康親王の人となりをよく表していた。

追悼の思いは、やがて同情の声に変わっていった。

彰子が——そして亡き一条天皇が——幾度となく東宮にと願っていたのは、知らぬ者のいない事実である。

まず一の宮を東宮に。

彰子の言うことは理にかなっていた。

それを、そのときどきの都合でねじ曲げてきたのが道長である。

彰子が悲しみに沈めば沈むほどに、人々は最後まで東宮になれなかった敦康親王をあわれに思い、その立太子を邪魔してきた道長への非難の思いを募らせた。

悔しかった。

死んでからそのような道理に立ち返るなら、生きているうちにもっと味方になってほしかった、というのが紫式部の本音だった。

しかも、そのように敦康親王を不憫《ふびん》に思っている貴族たちのなかに、敦康親王の家《けい》司《し》だった藤原行成が含まれていると聞いたときには、紫式部は「行成、正気か」と激しそうになった。

一条天皇のもっとも信頼する側近のひとりでありながら、一条天皇が最期を迎えようとするときに、敦康親王の立太子を否定した張本人ではないか。

もはや、顔を見るどころか、その名を聞くのも穢らわしい……。

後一条天皇や東宮・敦良親王も、大好きだった兄の死の悲しみに打ちひしがれ、彰子とその悲痛を分かち合って耐えていた。

「人の親の心は闇にあらねども――」

紫式部は曾祖父の歌を噛みしめている。

彰子を見舞い、そばにいてあげること。

物語を書くこと。

自分にできるのはそれしかなかった。


敦康親王の死は、彰子に強い悲しみと衝撃を与えた。

そして、道長への不評を人々に思い出させた。

紫式部は直観する。

道長が報いを受けるときが始まった。

望月が早くも欠け始めている……。


道長が、彰子を訪ねてきた。

「太皇太后さま。いかがか――」

肌が黒くなり、やや頬がこけたように見える道長が、大宮御所に神妙そうな顔を見せる。

「これは、大殿さま」

と紫式部がわざと大きめの声を出す。

他の女房たちにも知らせると共に、彰子にも聞こえるようにするためだった。

腰を下ろした道長は、しばらく無言で彰子を見つめていた。

少し疲れてやつれたような顔をしている。表情には何かを畏れるような、許しを請うような色があった。

彰子はただ目を伏せている。

悲しみでややほっそりした三十一歳の彰子は、かえって透き通るように美しく見える。

美しいのだが、見る者の胸を締めつける……。

そんな彰子のまえに座す道長の様子は、まるで迷える衆生《しゅじょう》が、観音《かんのん》菩薩の慈悲にすがらんとするような姿に見えた。

やっと、道長が言葉を絞り出した。

「敦康親王さまは、残念だった」

彰子は、「はい」と短く答えた。長いまつげにまたしても透明な雫《しずく》が溜まっている。

十四歳のときに初めてその胸に抱いた敦康親王のあたたかさと笑顔の記憶が、彰子の心を占めているのだろう。

道長にその心が見えているかどうか……。

そのあと、道長はあたりさわりのない話を短くして、退出した。

彰子は静かに目を閉じていた。


道長が退出してしばらくののち、実資が紫式部を呼び出した。

一条天皇が亡くなったとき、実資は万難を排してでもという感じで彰子の見舞いに来てくれた。今回も何度か大宮御所に見舞いに来ている。

後一条天皇の即位後、名実ともに国母としての力を持った彰子には距離を取っていた実資だが、このようなところは政治の原理原則とは別で、良心の赴くままに振る舞っているように見えた。

にもかかわらず、大宮御所に来ないで自分をわざわざ呼び出すとは……。

紫式部は気を引き締めて臨んだ。

すでに六十歳を過ぎて髪がかなり白くなっている実資の姿に、紫式部はなぜか死んだ賀茂光栄の姿が重なる。

光栄はいつもくたびれた衣裳を身につけていたな、と端正に衣裳を仕立ててある実資を見ながら思い出していた。

思い出に浸れるのはここまでだった。

実資はとんでもない知らせを持ってきたのである。

もしかしたら、亡き光栄が目に見えぬ姿となって実資を遣わせたのかもしれないと思うほどの内容だった。

「お待たせしました」と静かに頭を下げた紫式部に、実資がほとんど前置きなしに言ったのである。

「前太政大臣（道長）が三后による権威づけの行事を考えているそうなのですが、太皇太后さまから何か聞いていますか」

紫式部は衵扇《あこめおうぎ》の下で顔をしかめた。

「なんですか、それは」

「准三宮《じゅさんぐう》さま（敦康親王）の薨去により、立太子を拒み続けた前太政大臣への批判が溜まっています。それを、三后による大饗《だいきょう》などを華やかに催して、人々の目をそらそうとしているとか」

「そのようなこと……太皇太后さまをますます悲しませるだけです」

「そうでしょうな」と実資は大きくため息をついた。「私もそう思っています。しかし、前太政大臣は太皇太后の父。われらの知らない励まし方をされようとしているのかとも考えられたもので、聞いてみました」

「畏れ入ります」

さらに嫌らしいものの見方をすれば、「太皇太后が望んだからだ」とか平気で言いそうなのが道長である。

「太皇太后さまのご様子は……？」

「気丈に振る舞おうとされていますが……」

そのあとが、詰まって出てこなかった。われながら情けない。

実資は目を伏せてうなずいた。

「前太政大臣がそのような華々しい行事を考えた場合は、私が必ず阻止しましょう」

紫式部は唇を噛んで涙を堪えようとした。だが、どうにも熱いものがせり上げ、あふれてしまう。

「よろしく、お願いします」

「乱暴や狼藉や好色で悪名が立った親王ならまだしも、准三宮さまはほんとうに立派なお人柄で、諸芸諸学にも通じていました。その方を亡くした痛みを、私たちはもっと真剣に受け止めなければいけないのです」

紫式部から実資の話を聞いた彰子は、実資の最後の言葉に身体を折って号泣した。

「ああ。どうして身近な者にはわからない私の心を、遠い方のほうがわかってくれているのでしょうね」

もっとも身近な存在である実父の道長が、自分の望まぬ華美な行事を自分の名を利用して行おうとしている。それに引き比べて、直接の血のつながりのない実資のほうが自分の気持ちをわかってくれている――。

彰子はそんなふうに言ったのだった。

道長なりに暗い世に明るい楽しみを作りたいと思っているのだろう。

ただ、そこに我欲がある。

後一条天皇の御代を安泰にしたいという美名の下にある、自らの世を保ちたいという我欲だ。

それが彰子の――子を失った母の悲しみと相容れない。

はかなくて日ごろは過ぎゆく。七日七日の事ども、いと尊くせさせたまひつつ、おろかならず孝じたまへど、限りあれば、御衣の色の変らぬを、かの御方の心寄せわきたりし人びとの、いと黒く着替へたるを、ほの見たまふも、

くれなゐに　落つる涙も　かひなきは

形見の色を　染めぬなりけり
——とりとめもなく日々は過ぎてゆく。七日ごとの法要も、たいそう尊くなさいながら、丁寧に供養なさるが、決まりごとゆえ、御衣の色は変わらないのを、あの御方を特に慕っていた女房たちが、たいそう黒く着替えているのを、ちらりと御覧になって、「紅色に落ちる涙も何にもならないのは、形見の喪服の色を染めないことだ」と詠まれた。

道長は年明けに二宮大饗などの行事を準備させようとした。

これに対し、真っ先に異を唱えたのは実資である。

「はなはだやんごとなき親王であった准三宮さまへの敬意を表して、そのような行事は停止すべきである」

実資のみならず、他の公卿たちも同調した。

敦康親王がすぐれた人物だったことをみな知っている。

そのうえ、実資が賢人と称されるほどの教養人であることも周知だった。

常に日記之家の者として、何ものにもおもねず偏《かたよ》らず、人に仕えずに正しさに仕えようとする実資がそこまで言うのは大きかった。

実資がはっきりと意見を言えた背景には、前述した紫式部との連絡関係がある。実資の考えでは大饗や朝拝《ちょうはい》などの行事はことごとく停止すべきだというのは当然だった。

しかし万一、彰子の心中に「敦康親王を雅に送ってやりたい」というような気持ちがあって行事を望むなら、それを認めるのが正しいかもしれない。

紫式部を通じて、「彰子はそのような弔い方を望んでいない」という確認をしたからこそ、実資は是非を正すことができたのだった。

紫式部の『源氏物語』では、宇治の物語の女主人公のひとりめである大君《おおいきみ》が亡くなり、その死をみなが悼むところが描かれた。

この物語の描写も、人々に敦康親王の死を年越しの雰囲気で風化させないように働いていた。

実資の論と、紫式部の『源氏物語』が、道長の愚行を押さえ込もうとすると同時に、彰子も自分の気持ちを吐露した。

「敦康が、敦明の次の東宮になっていたら、どんなにすばらしかったことでしょう」

紫式部は、伊勢大輔や和泉式部らとともに、この彰子の本心を内裏に、都に広めた。人々が敦康親王に同情を寄せる、まさに核心のひとことである。

みな、敦康親王の来世の幸福を祈った。

寛仁三年正月、中宮・威子が大饗を行った。

初めての中宮大饗で、大事な行事である。喪に服している彰子だったが、このときばかりは弘徽殿《こきでん》に座して後一条天皇に饗餞《きょうせん》を施した。

その彰子の姿に、紫式部は涙した。

「ああ……。立場が上がると、わが子の死の悲しみを悼む日々も許されなくなるのかしら」

それはただの独り言に過ぎなかったのだが、人づてに彰子に届いた。

彰子は答えて言った。

「私は大丈夫。ときにはこのように動いていた方がよいというもの。それに、いくら自分を悼んでとはいえ、なすべきことをしないで嘆き悲しんでいたら、敦康をかえって心配させてしまうでしょう」

正月五日の叙位に、彰子は実資への給爵について言及した。

見返りを求めることなく、誠実に彰子の気持ちを考え、朝廷の行く末を考え続けてくれている実資へのせめてもの報いである。

道長や頼通の内諾を確認したのち、紫式部が実資にその話をしに行った。

「太皇太后さまが、『何もしてあげられないが、せめて』と思し召しです」

と紫式部が説明すると、実資はさすがに喜びをあらわにした。

「それは、まことに身にある光栄とはこのことです」

「では、お受けいただけますね？」

すると、実資は笑顔で首を横に振った。

「人々の思惑なども慮《おもんぱか》って、お断り申し上げます」

「もう少し詳しく理由をご説明ください」

「私は日記之家の者としてなすべきことをなしているまでだからです。有り難くも一日に食する米に困ってもいません。これ以上、何を欲しましょうか。その私がここで褒美をいただいては、これまでの私が言ってきた正しさが嘘になってしまいます」

紫式部は深く息を吸い込んだ。中庭の梅の香りの気高さに満たされ、息をつく。

「実は、太皇太后さまは『大納言さまはお断りになるかもしれない』とおっしゃっていました」

「左様でしたか」

「『けれども、私の感謝の気持ちは伝えてほしい』とのお言葉で……」

実資は両手をついた。

「お言葉は、有り難く頂戴いたします」

「『以前はしばしば参内してくれていたのに、近頃はそれが減っているのも残念です』

ともおっしゃっていました」

これについては、実資は微笑むだけで何も言わなかった。

ただ、別のことを言った。

「此度の叙位、左大臣が少々わがままを言うかもしれません」

いまの左大臣は藤原顕光。その無能ぶりをいちいち日記に書いていたら筆がすり切れるとまで実資に言わしめた男であり、前東宮である小一条院・敦明親王の舅である。

「わがまま、ですか」

「あの無能は——失礼。左大臣は、婿である小一条院さまが前太政大臣に廃されたと思い、怨んでいます。とはいえ、できることは腹いせくらい。そこで、除目に参内しないという嫌がらせをするかもしれません」

実資がいろいろなところから聞くかぎり、顕光がそのくらいのことはしそうだと把握するにいたったようだ。

「左大臣さまは叙位の進行をするのに、その方が来ないのでは――」

「当然、叙位を行えず、困る。困って、みなが『あなたがいないとダメなのです。お願いします』と頭を下げてくるのを待っている」

もしかしたら、道長が「自分が悪かった」と言ってくるのを待っているのかもしれない。

紫式部はちょっと目まいを感じた。顕光という男は、これほどにおめでたいのか。このような人物に自分の『源氏物語』は対抗できるのか……。

「いったい、どうしたら」

「叙位については、内大臣である摂政が叙位を行えばよいのです。摂政の頼通どのにそのように伝えてください」

と、実資が過去の事例からさらりと答えを示した。さすが日記之家の当主である。

実資が答えたのは朝廷での仕事の進め方についての答えであって、紫式部の――それこそ賀茂光栄に託された――顕光との対決の答えではない。

だが、この答えがあるのとないのとでは、若き摂政・頼通の負担は天と地ほども違ってくるだろう。

「太皇太后さまだけではなく、摂政さまも、大納言さまを頼りにしています」

「ははは。年だけは取っていますから」

「そのようなことは……」

そこでふと、実資は遠い目をした。

「准三宮さまのような気持ちのよい若い方が先に亡くなり、私のような者がまだまだ生きている。御仏は何を思ってこのような世界を創られたのでしょうな」

難しい問いだった。

紫式部自身も、釈迦大如来に聞いてみたいくらいだった。

生まれる苦しみ、老いる苦しみ、病になる苦しみ、死ぬ苦しみ——これらを仏教では四苦と言った。

この四苦の苦しみから逃れることは、何人にもできない。

ゆえに、人は仏陀《ぶっだ》に巡り会うのだ。

この世は無常である。無常なるものは苦である。苦なるものは無我——本来のあり方でもなく、真実の自己でもない。

そのように悟得《ごとく》して一切の執着を断ち、平安な境地に到れというのが、紫式部が理解している悟りの道である。

無常であり苦であり無我である世間だからこそ、この世は仮の世であり、来世以降の実相の世界があるという証明となるのだ、とも説かれている。

「大納言さまも、仏の御教えを求めていらっしゃるのですね」

「生きて、釈迦大如来や阿弥陀《あみだ》如来を求めるようにならなければ、まだまだ自分の力を過信しているだけの天狗《てんぐ》でしょうな」と言って、実資はため息をついた。「天狗のままに仏の慈悲にすがろうとする者もいるでしょうが」

「それは……？」

実資はどこか残念そうな顔になると、衵扇に隠れていない紫式部の目をじっと見つめるようにした。

「お気づきになりませんか。——前太政大臣、かなり飲水病が進んでいる」

道長は若い頃から飲水病を患っていた。

進行すると、常に口のなかが渇いて水を飲み続け、いくら食べても食欲が満たされなくなってくる。やがて胸の痛みや手足のしびれ、視力障害などが起き、死に到る。

藤原摂関家にはこの病に悩まされた者が多い。

何年かまえにも、道長はこの病を悪くさせ、しばらく伏せっていた。

そのときには彰子も見舞いに訪れ、しばらく道長のもとに留まって看病をしたくらいである。

後一条天皇の即位により、道長は念願叶って摂政の地位を手に入れた。

当然、忙しくなる。

以前は紫式部が籠もっている局に顔を覗かせ、『源氏物語』の進捗を気にし、ときには思いあまって書きかけの原稿を盗んでいった道長だったが、このところは姿を見せていなかった。

多忙ゆえだと思っていたし、原稿を盗まれる心配がないので特に気に留めていなかったが、病の進行もあったのか。

道長は、一家三后をなすために動いていたときにも、胸の病で法性寺《ほっしょうじ》に籠もっていたようだ。だが、これほどの大事を寺に籠もったまま成し遂げることは難しく、快復しないままに邸に戻っている。

愚かしく、あわれである。

権力など、最後には消えていく。死んであの世に持って還れない。

どれほどの威勢を誇っても、百年も経たずにほとんどの人は忘れられる。

仮に名が残ったとしても青史《せいし》のなかにほんの数行、記される程度だろう。

病をおしてまでしがみつくべきものであろうか。

だが、きっと道長は違う意見を言うだろう。

男子として生まれたからには、青史に名を留め置かんとするのが青雲の志というものだ、とか。

自分が権力の座にあってこそ、後一条天皇も彰子も、紫式部たちもみな安泰なのだ、とか……。

それは半分正しい。いや、かなり正しい。

けれども、と思ってしまうのは、紫式部が権力よりも物語によるもののあはれの追究に重きを置いているからかもしれない。

実資が示した道長の病への懸念を報告すると、彰子は顔を曇らせた。

「父の病が進んでいるのは事実です。ただ、突如、世を去るほどではないと思っていますが……」

「参内とお籠もりを繰り返す頻度はたしかに増えているようですね」

そのせいで、亡き道兼《みちかね》や三条院の霊が取り憑いているのではないかと噂が流れていた。

いまここに陰陽師・賀茂光栄がいてくれたら、と思う。

彰子がほっそりした白い指で、まるく秀でた額をさするようにした。

「敦康があの若さで突然儚くなってしまった。世の無常は、やがて父の身にも及ぶでしょう。——悲しいですけど」

ぽつりと付けたしたひとことに、彰子の「娘」としての本音があった。

同時に、覚悟も感じさせる言葉である。

敦康親王の死は、彰子や道長たちに深く爪痕を残したのだった。


寛仁三年三月、道長は出家を決意した。

体調の悪さが目立ってきている。だが、道長は御仏の加護にすがって生き延びたいと願っているのだろう。

出家得度の儀式の日程を控えた日の昼に、道長は大宮御所に挨拶に来て、そのあと紫式部を呼んだ。

他に女房がいてもいいと言うので、少し考えて伊勢大輔をそばに控えさせている。

「出家をすることにした」

と、道長はあらためて紫式部に言った。

まるで雀の子を捕らえた童が、褒めてほしそうに胸を張るのに似ている。

今日は肌つやがよく見える。

出家を決意して心の重荷めいたものを下ろせたのだろうか。

「尊いことと存じます」

紫式部が頭を下げた。

道長は平然とした顔でそれを聞いている。

「もうすぐ夏か」

「よい季節です」

「出家をしたら、このようにいろいろな人々と親しく話ができなくなるかと思うと、さみしいな」

「釈迦大如来はかつて妻子を捨てて出家し、悟りを求めたのですから」

すると、道長が「もの思ふと　過ぐる月日も　知らぬまに　年もわが世も　今日や尽きぬる」と歌を口ずさんだ。

「あ、『源氏物語』の……」と伊勢大輔が思わずつぶやいた。

『源氏物語』第四十一帖「幻」の終わりにある、源氏の歌だった。

この歌を最後として源氏は、物語から退場する。

道長も同じような境遇だと言いたいのだろうか。

紫式部が黙っていると、道長が脇息を引き寄せて肘をついた。

「源氏の物語、とても楽しませてもらった」

「もったいないお言葉です」

「源氏を退場させたあとに、あの女三の宮《おんなさんのみや》が生んだ薫《かおる》を主人公にするとは思わなかった。表向きは源氏の子となっているが、ほんとうの父親は柏木《かしわぎ》だろう？」

「みな、あの子がどのように育つかは気になるところだったと思いますので」

「そうだな。それに、源氏の息子の夕霧《ゆうぎり》では生真面目すぎて源氏の後継というには荷が勝ちすぎる」

「花散里《はなちるさと》という賢母に育てられましたから」

「その夕霧の子、源氏の孫にあたる匂宮が、あのような軽薄な好色者になるとはな」

「源氏の仮面をかぶっただけの人物ですが、現実の世界に光源氏のような人物はいない以上、誰が真似ても『匂宮』が精一杯でしょうから」

道長は懐から檜扇《ひおうぎ》を取り出して開いたり閉じたりしてもてあそんでいる。

「光源氏のもととなった人物は私だと思っていたのだが、嵯峨《さが》天皇の皇子・源融《みなもとのとおる》という話も聞いたことがある……」

「いまの物語の舞台は宇治。いま大殿さまがおっしゃった源融さまの別邸がありましたが、いまその邸は大殿さまの『宇治殿』となっています」

紫式部が曖昧に答えると、道長は音高く檜扇を閉じて、苦笑した。

「ふふ。相変わらずかわいげのない女よ。——なあ、伊勢大輔。普段の仕事ぶりもこのようであるのか」

「紫式部さまにはいつもご指導いただいています」

と伊勢大輔が鷹揚《おうよう》に返す。さすがに道長の対応には、なれている。

花の甘い香りが流れてきた。

女童が、水を持ってくる。

道長がさっそく、のんだ。

咳払いをして、道長が続ける。

「出家するまえに心残りがないように聞いておきたい。どうして『雲隠』の帖は題だけにして本文を書かなかったのだ?」

これが本題だろうか……。

紫式部は衣裳の下の足を少し組み替えて、話し始めた。

「源氏は出家するのです。だからもうここから先、読み手とは——大殿さまとは一緒にはいないのです」

「なんと……？」

「大殿さまは、たったひとりでこれから先の出家の道を歩かねばなりません」

「同じ出家になるのだ。道の友として、私に寄り添ってはくれぬのか」

自分のために「雲隠」を書けと言っているようだ。

伊勢大輔が目を丸くした。意味がわかったらしい。

だが、その願いを聞いてやるつもりはない……。

「なるほど、大殿さまは若い頃から信心深くありました。機に触れ折に触れ、寺社へ参詣し、祈願を重ねていらっしゃいました」

「ありがとう。おかげで今日の栄華を授かった。そして此度は前世の仏縁により、出家する」

「けれども――」

「うむ？」

紫式部は衣裳の下で少し震えた。

しかし、『源氏物語』の作者として、物語作者の矜持《きょうじ》に賭けて、語らねばならない。

「大殿さまのお振る舞いは、本当の信心だったでしょうか」

「…………」

「大殿さまが求めてきたのは現世での栄華栄達。ご利益を祈りはされたでしょうが、ただひたすらに天下万民の幸せを祈るお気持ちはどこまであったでしょうか」

道長は鼻を鳴らした。

「ふん。なかなか手厳しいな。私は説教を聞きに来たわけではないのだが」

道長の目が据わっている。

表情は面のようになり、危険な雰囲気がにじみ出ていた。

「ええ。私も説教をしているわけではありません」

紫式部が言い返す。

伊勢大輔が一緒でよかった。ひとりだったら、さすがにここまで踏み込めなかった。

「説教ではなければ、なんだというのか」

「『雲隠』に物語を書かなかった理由をご説明しているのです」

道長は押し黙り、水をあおった。

「出家とは家を出て屋根のないところで寝起きしながら、ただひとり己の心と格闘し、己の心を磨き、専心、悟りの道を歩むこと。源氏の出家の道は源氏だけのもの。それを見て、出家がわかったように思われてもいけません」

紫式部も出家の身ではない。いろいろと聞いて回れば、得度式の様子などは執筆できるだろう。しかし、出家の生活そのものは書けない。

「物語書きというのは、自らが体験していない事柄も頭のなかで考えて紙に書くものではないのか。現におぬしは女の身で、光源氏という並ぶ者ない男を描いた」

「釈迦大如来の教説を想像で書くなど、いくら物語書きでも恐ろしくてできません」

物語という「嘘」をしたためるだけでも、五戒のうちの不妄語戒を破っていると言われているのに……。

そのうえ、悟ってもいないのに「仏陀の悟りを得た」などと偽るのは大妄語と言われている。ふつうの嘘よりも遥かに罪が深く、釈尊《しゃくそん》の時代には最高の罰である教団追放を言い渡された。

「やはり説教ではないか」

「大殿さまは大殿さまの出家の道を歩み、人生の総決算をしなければなりません」

「もちろん、そのために出家を志した」

「あえて申し上げますが、今日に到るまで、多くの人の怨みも買ってきたのではありませんか」

「……誰からも怨みを買わずに生きている人間なぞ、いるのかね?」道長はもう一杯、水をのんだ。「こちらもあえて言うが、私がいたから朝廷は回ったのだ。他の人間だったらどうなっていたと思っている？　おぬしらだって、のほほんと日々を暮らせたと思っているのか」

道長が言っている内容はかなり露骨だが、それでも声が簀子に漏れないようにする配慮は残っているようだった。

それとも――大声を出せないほどなのか……？

「その点について、私たちは感謝しています。おそらくは太皇太后さまも」

「だったら」

「人は行いだけではなく、思いによって善悪がはかられると説かれています。人生の最期にどのような結論が出るか、それは御仏しかわかりません」

それは、紫式部も同じことだった。

いまはもてはやされている『源氏物語』も、どうなるか、わからない。

もともと、紫式部が夫を亡くした悲しみから立ち上がろうともがいて、手すさびに書いたのが第一帖「桐壺」の始まりだ。

それを道長が見つけて、一条天皇の気を引いて彰子のところへ通うようにするために続きを書けということで女房勤めが始まった。

成り立ちから考えれば、一条天皇亡きいま、『源氏物語』も紫式部も暇を言い渡されてもおかしくない。

彰子という面倒見のいい主人がいて、『源氏物語』に自らもどっぷり入れ込んでしまった道長がいたから、まだ続きを書いていられるのだ。

その道長に厳しいことを言っているという自覚は、ある。

嫌な気持ちにさせているだろうな、という自覚も、ある。

けれども、道長にこのようなことを言える人間は、まずいない。実資なら多少は言えるかもしれない。だが、道長はもうすぐ世を捨てて出家となる。厳しくともこのようなことを言える機会は、もうないだろう。

道長はしきりに水をのんでいた。

「――おぬしと話をしていると、喉が渇く」

「申し訳ございません」

道長は再び檜扇をもてあそびながら、急ににやりと笑った。

「ちょっと古い話をしよう」

そう言って道長が口にしたのは、彰子が後一条天皇――敦成親王を懐妊していた頃の話だった。

寛弘五年初秋頃だ。

紫式部は渡殿《わたどの》の戸口の局から外を眺めていた。

うっすらと霧がかった朝である。

草の露もまだ落ちていない。

冷たく、清らかな秋の朝の空気を吸い込めば、心が凪いだ。

そのとき、向こうから道長がやってきた。

随身を連れて、遣水《やりみず》のごみを払わせている。

まだ出仕して日の浅い紫式部だ。道長とわかると、そっと身を隠して顔を引っ込めようとした。

しかし、それよりも先に、道長が紫式部に気づいた。

見つかった紫式部は狼狽《うろた》えた。

道長は、渡殿の南で花盛りに咲いている女郎花《おみなえし》を一枝折り取った。

そしてその女郎花を、紫式部が身を隠している几帳《きちょう》のうえから差しいれたのだ。

当時左大臣だった道長とほとんど接したことがなかった紫式部には、とても立派に見えた。

自分を雇い入れてくれた方と、恩を感じたがゆえに大きく見えたところもあるかもしれない。

とにかく、堂々として見えた。

それに比べて紫式部はまだ化粧もしていない。

部屋を覗かれた恥ずかしさもあってまごまごしていると、道長が言った。「これ。返事の歌が遅くては具合が悪かろう」と声をかけてきたのである。

なるほど、そういうことか、と紫式部は硯《すずり》のそばに膝行《しっこう》した。

女郎花　盛りの色を　見るからに
露の分きける　身こそ知らるれ

――朝露がついて美しい女郎花の盛りの色を見たばかりに、露が分け隔ててそのように美しく染めてくれないわが身が思い知られます。

紫式部がそう詠むと、「ああ、早いな」と道長は満足げにしている。

道長も硯を寄せて、思案し、歌を返した。

白露は　分きても置かじ　女郎花
　心からにや　色の染むらむ

——白露は分け隔てて降りるのではなかろう。女郎花は、美しくあろうという心によって、美しい色に染まるのではないか。

早く詠めと言われたから詠んだのに、化粧をしていないのをなじるような歌で返されて、紫式部は多少気分を害される思いがしたものだった。

紫式部は眉をひそめた。

「……ずいぶんと昔のことを覚えていらっしゃるのですね」

「年を取ったからか、昔のことは鮮明に思い出される。最近のことはよく忘れるのだがね」

道長が肩を揺すって笑っている。

そばの伊勢大輔が「そんなことがあったのか」という顔をしていた。

思えば長い年月が経った……。

「あの折りのことが、どうかなさいましたか」

素顔だったことをからかって悪かったと謝罪をするような男にも思えない。

「急かして作らせた歌だったが、よい歌だったと思う」

「ありがとうございます」

「あの歌、おぬしが家集を編むときに収めるのだろう？」

「家集なんて、そんな大それたことは……」

「いや、編むさ。それだけの歌の才だってある。それに『源氏物語』を描いた人物がどのような歌を詠んできたか、知りたがる」

紫式部は微苦笑した。

「そのように持ち上げられても……」

「そこで、だ。先ほどの歌を収めるときに、あの日のやりとりをもう少し物語のような雰囲気にしてくれないか」

紫式部の苦笑が深くなる。

「物語のように、とおっしゃいますと？」

道長は、どういうわけか眉根を寄せた。

「私は『源氏物語』が好きだった。いや、いまでも好きだが、光源氏に自分を重ねていた。ならば、その作者への愛情を持っていてもおかしくはないだろう？」

紫式部は仰天した。思わずそばの伊勢大輔と顔を見合わせた。

「あのぉ。なにか悪い物でも食べましたか？」

「おぬしが出仕したときにはもうお互いよい年であったからな。家集のなかでくらいは許してはくれまいか」

「…………」

道長は去っていった。

遠ざかる足音を聞きながら、どっと疲れが出る。

「む、紫式部さま……？」

と伊勢大輔が顔色を窺うようにした。

「あー……。とりあえず言っておくと、大殿さまとは何もなかったです」

「ですよね」

「男というものは、隙あらば女に好かれたいと思っているものらしいけど……」

「和泉式部に相談したほうがよろしいのでは」

「かえってややこしくなりそうだから、やめて」

紫式部は苦笑している。

道長の恋心めいたものを言われて笑ったのではない。道長が何を言いたかったのかに気づいたからだ。

仮に紫式部が家集をまとめたとする。女郎花のやりとりのときの歌を入れるとなれば、前後のやりとりも多少は残すだろうし、道長からの返歌も入れるだろう。

そのとき、読み手はどう読むか。

紫式部が「女郎花のような美しさもなく、不調法で申し訳ございません」と詠んだ返しが、いきなり女房の局を覗いた挙げ句に「心がけ次第だ。精進しろ」という歌では、「なんと上からものを言う男か」と評されるかもしれない。

『源氏物語』は世に広まっている。おかげで、紫式部が望んでいなくとも――普段は考えてもいないが――「紫式部」の名も広まり、高まっている。

その「紫式部」に、いくら権力者だからと横柄ともとれる歌を返したとあっては具合が悪い。

それならいっそ、恋の気配を感じさせるようにやりとりを修正してもらいたい……。

そんなことを考えたのだろう。

そのくらいのことで出家に邁進してくれるなら考慮してあげてもいいが……。

どこまで仮面をかぶれば気が済むのか。

すべてを捨てて仏道に身命を賭するのが出家なのに、あれもこれも気になってしょうがないのか。

不意に出てきた雲が日輪を隠し、少し冷えた。

道長は、院源《いんげん》という高僧のもとで出家した。僧名は行観《ぎょうかん》となった。

だが、寺には入らない。

実資が教えてくれたところによると、「月に五度か六度くらいは主上のお顔を拝したいものだ」と言っていたという。

道長流の諧謔《かいぎゃく》かとも思われたが、四月の賀茂祭に平然と桟敷に座って見物したり、ふと思い至って僧名を行覚《ぎょうかく》に変えたりしていて、出家修行に打ち込む様子はまるでなかった。

「これを元気なあかしだと思うには、少し俗人臭さが過ぎるように思いますね」

と彰子がさすがに眉をひそめた。

信仰心の篤い彰子には、道長の「出家」がいかにも形だけの仮面に見えてしかたがないのだ。

それは紫式部も同じである。

潔さがない。

出家を馬鹿にしているのかとも思う。

それなら出家などしないほうが、まだましだったのではないか。

あれだけ言って、わからないか……。

「かかる心ばへながらつれなくまめだちたまひけるかな」と、聞きたまふこと多かり。

――「このような心根でありながら何食わぬふうに真面目そうな顔をしていらしたのか」と、聞くことが多かった。

彰子や紫式部がそのように思っているとは、道長は気づいていない。

道長はご利益を求めている。神社は五穀豊穣という極めてわかりやすいご利益を授けるからだ。それと同じようなご利益を、賄《まいない》を受け取るように、あるいは税を取り立てるように、御仏に求めている。

それは釈迦大如来の御心からは、遠い……。

出家の功徳で病状が快復するのを期待していたのだろうが、すぐにそうはならないのを見て、道長は突然、九体阿弥陀堂《きゅうたいあみだどう》の造立を発願した。

その阿弥陀堂は十一間で構想したのだが、その一間一間すべてが受領たちの負担である。

道長の土御門第に隣接するようにして、東京極《ひがしきょうごく》から鴨川《かもがわ》までの二町もの大造営が始まった。

これには、さすがに息子の頼通も顔をしかめた。

彰子や紫式部らの信仰のあり方とも違う。

というよりも、釈迦大如来の教えとそもそもずれているように思われた。

寺院への喜捨は元来、執着を断つ修行から始まっている。食物に始まり、財物への執着を断つとともに、尊い仏法を護持するために喜捨はなされる。

ゆえに、自らへの見返りとなる功徳は求めない。無功徳こそが功徳とされている。

信仰を表すための喜捨でもあるが、壮麗な御堂で神仏を喜ばせて自らの病を治してもらおうというのは、神道の発想——巨大な神社に祀ることで怨霊の祟りを抑えようとするのに似ている。

これがもし、彰子の発願であったら、「一切衆生の幸福のために」と祈って寄進されただろう。

この違いが道長にはわからないらしい。

道長ひとりの病を治すための巨大造営の負担は、公卿たちにも及んでいる。

「御仏の功徳は三千世界を照らします。そのご加護を欲する大殿さまの気持ちはわかりますが……」

紫式部がため息をつくと、彰子も同じようにした。

「父が自分のために御堂造立を発願してもよいのですが、他の方々の支援を仰ぐにはそれなりの徳がいります」

その人間の徳の範囲を超えた要求は、他人からはただ重い負担に見える。

「これまで大殿さまに従っていた貴族たちも、やがて大殿さまを非難するようになりましょう」

それが過剰になれば、後一条天皇らにも累《るい》が及びかねない。

「摂政はがんばっているのですが……」

「大殿さまは、同じ男である摂政さまにはいつまでも上位に立って指示をなさるでしょう」

その紫式部の指摘に、彰子もうなずく。

頼通なりに努力しているが、紫式部の言うとおり父の影響から脱しきれないでいたし、そもそも政治的な腕力が道長には及ばないように見える。

彰子が悲しげにした。

「ほんとうの意味で父が仏道に邁進してくれているなら、どのような現世の負担も引き受けるのですが……」

結局、彰子が朝廷に介入しなければいけないことが多くなっていくのだった。

八月、東宮・敦成親王が元服した。

彰子と紫式部はこの機を逃さないように、入念に準備をした。

敦成親王のためであると同時に、道長によって負担を強いられている人々へのねぎらいの機会でもあったからだ。

もともと派手なことが好きではない彰子だが、今度ばかりは腹をくくった。

とにもかくにも、盛大な宴を催したのだ。

その甲斐もあり、寛仁四年二月に、金色の九体の阿弥陀如来像と、観音菩薩像と勢《せい》至《し》菩薩像それぞれ一体が完成し、無量寿院《むりょうじゅいん》と名づけた御堂に安置された。

三月の落慶供養には、彰子は妍子と威子とともに三后で行啓してみせた。

道長は涙を流して喜んだ。

その一方で、寛仁四年の春、疱瘡《ほうそう》（天然痘）の流行が都を襲っていた。無量寿院落慶供養の翌月である四月には、後一条天皇までもが疱瘡に襲われる事態となったのである。

彰子はあらゆる祈禱を命じ、紫式部ら女房たちも祈るか、その使いとして走り回るかの日々となった。

「主上に万が一があってはなりません」

と紫式部は女房たちに訴え、動員した。

時が悪すぎた。

道長による無量寿院造立発願が成就した矢先だ。

実は、亡き一条天皇は疱瘡を調伏《ちょうぶく》するために最勝講《さいしょうこう》を行っていたのだが、三条天皇が絶やしてしまっていたため、みなの印象はそちらには向かないだろう。

いま後一条天皇が崩御するようなことがあったら、それは負担を諸人に強いた道長への仏罰のように思われかねなかった。

だが、そこまでの説明は女房全員にできない。

紫式部の訴えの真意がわかっているのは、伊勢大輔や和泉式部、赤染衛門を始め、二割程度か。越後の弁はまだそこまで成熟していない。

だが、とにかく後一条天皇を守らなければいけない。

後一条天皇の様子に一喜一憂する日々が続いた。

四月の終わりには、前年末に関白になった頼通が病に倒れる。疱瘡ではなく瘧病《ぎゃくびょう》（マラリア）だったのが不幸中の幸いだった。

五月、ついに後一条天皇が快癒した。

疱瘡は重大な死病ではあったが、一度かかれば二度はかからない。ゆえに疱瘡にかかって生き延びた人々は遁花《とんか》の身とされたが、後一条天皇もそのようになったのだ。

彰子らはほっとひと息ついた。

彰子らは後一条天皇を助けて、亡き一条天皇が疱瘡に対抗するためにしていた最勝講を復活させる。

だが、まだ頼通は瘧病に苦しみ、ために道長が無量寿院で仁王講《におうこう》を行った。

仁王講は本来、国家を疫病から守る祈願として行われる。個人の祈願としては行われないのだが……。

九月、疱瘡から快復した後一条天皇が、今度は頼通と同じ瘧病に倒れたのである。

道長が自分の都合で祈願をねじ曲げた報いではないかと、紫式部の心は暗くなった。

だが、確かめる術はない。

彰子も紫式部も、ただ御仏に祈る日々だった。

道長は、自分の体調がよくないせいもあるのか、いらいらしっぱなしだという。病がうつることを恐れて参内しない者たちを罵倒した。そんなことで後一条天皇らが快癒するわけもないのだが、今度は蔵人頭らから職を取り上げた。それで気が収まらず、家の者たちを連日怒鳴り続けた。

そんな話を聞くにつけて、「少しは黙っていられないのか」と紫式部は歯ぎしりする思いだった。

毎日が祈りの日々だった。

彰子は後一条天皇を必死に看病している。

後一条天皇の病にもののけも来ているようで、憑坐《よりまし》に移すと病状は嘘のように楽になっていた。ところが、もののけが憑坐から抜けて邪気が戻ってくると、後一条天皇は「むつかり」と叫び、瘧《おこり》の発作を起こすのである。

そのうちに、二年前に逝去した敦康親王を名乗るもののけが出たとか、種々のもののけの話が出てきたなどという噂も出てくるようになった。

あらゆる祈りと供養が行われ、人としてできるすべてがなし尽くされたかに見えた果てで、ついに後一条天皇が快復した。

「みな、よく祈ってくれました」と彰子が呼びかけると、女房たちは歓喜したが、紫式部はへなへなとその場で虚脱して、泣き崩れてしまったものである。

後一条天皇の快癒は、道長にも思わぬ余波があった。

道長は、無量寿院で六百を超える絵仏像を供養した。

後一条天皇の病気平癒への感謝である。

ここから道長は、以前よりは仏道へ真剣に向き合うようになった。年末には比叡山《ひえいざん》で菩薩戒を授かり、無量寿院に十斎堂を新たに建立したのだ。

「主上の病さえも方便として使われたような形で、御仏の智慧とは計り知れないものですね」

と彰子が両手を合わせた。

「釈迦大如来の慈悲でございますね」と紫式部も仏に感謝の心を手向ける。

「年が明けたら、改元をして凶を遠ざけようと思っています」

「まだまだ都に蔓延している病は疱瘡も瘧病も猛威を振るっています。亡くなる者も多いなか、改元で新しい気を呼び込めればということですね」

するとと彰子が言った。

「母ももうすぐ出家すると言っています」

もともと、道長とともに出家をという話もありながら、六女・嬉子《きし》が東宮・敦良親王に入内するまではと俗世に留まっていたのだが、それももうじきのこととなったのだ。

「いよいよ、太皇太后さまを中心にみなで主上をもり立てていかなければいけませんね」

紫式部は心を引き締めた。

彰子との会話には、紫式部にとってとても大事なことが含まれていた。

「新しい主上になって改元があるだろう。さらにその次の改元までに、物語を書き終えてほしい」——亡くなった稀代の陰陽師・賀茂光栄の言葉を思い出したのである。

後一条天皇が即位したときの元号は「長和」。その後、「新しい主上になって改元」されて、現在の「寛弘」となった。そして「さらにその次の改元」が迫っている。

紫式部は一気呵成《いっきかせい》に執筆を進めた。

標的は、まず道長。

これは変わらない。

出家したから俗世との関わりがなくなって与《くみ》しやすくなったかと思ったが、そんなことはないのが出家以降の一連の流れでよくわかった。

むしろ出家してからのほうが、白蟻のようにこれまでの徳をすべて食い潰そうとしているように見える。

いままでは不評を買うにしても、その強引な政治手法が問われるくらいだったし、道長もそれを緩和するために懐柔策――豪華な宴を開いてみたり、除目で手心を加えたりすること――を打てた。

ところが出家した道長は、柔軟な懐柔策が打てない。

それどころか以前は許されたことが、「出家の身分でありながら」と陰口を叩かれるようになっている。

これは明らかに道長が出家を軽んじて見ていた証左であり、読み間違いだった。

人は、尊いものには尊くあってほしいのである。

本来尊いはずの出家に求められるのは、政治力でも親しみでもないのだ。

道長が限りなく俗人めいた振る舞いをする出家であることによって、後一条天皇の病にまでつながってくるのだと紫式部は直観していた。

これを牽制するものを『源氏物語』の宇治の物語に埋め込まなければならない。

もうひとつは、藤原顕光への対策である。

光栄が気をつけよと、紫式部に示唆した男だ。

正月には写本作りに回しておきたいと願っていた。

紫式部の「国母の女房」としての務めは、まだ終わってはいない。

『源氏物語』の完成を急がねばならない。

他の女房たちの働きぶりや貴族たちの動向に目を配りながら、紫式部は物語を綴っていた。


改元なった治安《じあん》元年五月、紫式部の身内が引き締まる出来事があった。

藤原顕光が亡くなったのである。

無能ながら、道長とその一族がすべての官職を独占しないための緩衝地のような感じで左大臣になっていた。

左大臣になったからと無能が直るわけでもなく、寛仁二年の三后の立后のときには「中宮・妍子を皇太后にする」という宣命を作成すべきところ、誤って「皇后・娍子を皇太后にする」と命じてしまい、道長から痛烈に罵倒されている。

正月に従一位に叙されたのだが、五月二十五日未刻に亡くなったという。

光栄から託されるほどだから、いったい何をしでかすのかとずいぶんやきもきしたものだが、結局、道長に立ちはだかる敵となるほどの活躍もなかった。

偉大な陰陽師の光栄でも、自らの死後のことは読み間違えたのだろうか。事実、すべてを占するのは難しいと、光栄自身が言ってもいたし……。

だが、顕光の死のあとに訪ねてきた実資が、重苦しいため息とともに言ったのだ。

「無能者であっても、怨みはひどくなるものです」

「亡き左大臣さまが怨むとしたら、やはり大殿さまに対してでしょうか」

「おそらくは。あの者は、結局最後まで自分がなぜ周りから疎んじられたり罵倒されたりするのか、わかっていなかった節がありますゆえ」

顕光の死で、七月の叙位では頼通が左大臣となり、実資が右大臣になった。

紫式部としては、ほぼ理想的な両大臣の構えだった。

頼通の弟たちも順当に昇進し、蓋をされていた幸運が顕光の死で解き放たれたように思えたほどである。

疱瘡と瘧病を乗り越えた後一条天皇だったが、その後は安泰というわけにはいかなかった。藤原摂関家の宿痾《しゅくあ》ともいうべき飲水病を引き継いでしまっていたのだ。そのうえ痩身で、夏の盛りの鳳輦では暑さにやられてしまい、冠も足袋も脱ぎ、氷を口に含んでなんとか耐えるほどだった。

そのように、頑健とは言いがたい後一条天皇は何度も病に苦しめられた。しかし、そのたびに彰子が懸命に看病し、祈り、快復していたのである。

彰子がすべてを背負い、支えていた。

いつしか彰子が「家長」の役目を果たすようになっていたのである。

第四章　夢の浮橋

治安三年正月。彰子と紫式部たちは土御門第にいた。後一条天皇も十六歳になった。いままでは後見する彰子が一心同体のようにともにいたのだが、そろそろ独り立ちをさせるべきだと考えたからだ。

正月の挨拶に来る者は多いが、内裏ほど忙しくはない。

穏やかな陽射しも管弦の音も、人々の笑いざわめく気配も、何もかもがのどかである。

「しばらくぶりに、ゆったりした初春ですね」

と彰子が、自らの女房たちに声をかけてくれた。

みながそれぞれに返事をするなか、紫式部も「はい」と答える。

その声を聞いて、彰子がふわりとした笑みを見せた。

「紫式部がゆったりできる初春は二度目かもしれませんね。『源氏物語』を書き上げて二度目の正月になりますから」

「お、畏れ入ります……」

紫式部は恐縮した。

管弦の音がひときわ大きく響いている。


治安への改元の直前に書き上げた『源氏物語』は、最終的に五十四帖の長編となっていた。

紫式部は『源氏物語』を書き上げると、特別な写本を二部作った。

御仏と亡くなった賀茂光栄に奉納し、彰子が願う一条天皇の仁政の完成がなされるための一助となることを祈ったのである。

後一条天皇の病はあったが、なんとか乗り越えてこられたことに、この祈りも寄与していたらとてもうれしい……。

「前年は主上の病もありましたが、七月には父が開眼供養を行いましたね」

彰子がそう言ったのは、無量寿院での供養のことだった。

道長は金堂《こんどう》と五大堂の供養をし、新しく法成寺《ほうじょうじ》としたのである。

この供養には後一条天皇と東宮・敦良親王が臨席し、さらに彰子たち三后らも参加した盛大なものとなった。

その道長も『源氏物語』を最後まで読んでくれたようだ。

「宇治の物語、私にはわからないところも多かった」と道長は漏らしていた。

「どこか難しいところがありましたか」

「『橋姫』から『夢浮橋《ゆめのうきはし》』までの十帖、主たる人物は薫と匂宮。それに大君、中の君《なかのきみ》、浮舟《うきふね》。これまでの物語と比べて人物も少ないし、舞台も宇治であるせいで華々しさに欠けたが……」

その言葉を聞いて、紫式部は心中で微笑んだ。

道長がそう思うように包みながら書いたのである。

その違和感こそ、道長に突きつけた言霊なのだ。

源氏亡きあとの物語は、「光る君」と呼ばれた源氏の栄華を継ぐ者として、世間では「匂う兵部卿、薫る中将」と呼ばれているふたりを主軸に動いていく。

宇治の物語は、源氏の子とされていた薫が宇治で大君と中の君という美しい姉妹と出会うことから始まる。

薫は自らの出生の秘密――ほんとうは源氏の子ではなく、柏木を父とする不義の子ではないのか――について悶々としているが、これについて明言は避けた。それによって、薫は優柔不断の塊のような性格になるとともに、その悩みゆえに道を求めて宇治まで行き、大君と中の君に出会うのだ。

薫は生まれつき身体にえもいわれぬ香りを帯びていることからそう呼ばれている。これに対抗するかのように匂宮は着衣に薫物《たきもの》を強く焚きしめたので、その名がついたとした。

ここにすでに薫と匂宮の関係と将来の行く末の萌芽があった。

薫は大君と中の君のふたりと絆を深め、特に大君に惹かれ、求愛する。

しかし、大君は道を求める清らかな若者と薫を思っていたので、裏切られた気持ちになり、また自分のほうが年上であると悩み、拒絶してしまう。

大君は、薫に中の君を勧めるが、大君をあきらめたくない薫は、中の君を匂宮と結婚させてしまう。だが、宇治までなかなか来られない匂宮との結婚に中の君は悲しみ、その悲哀を聞いた大君はますます世を厭《いと》い、衰弱して死んでしまう。

薫は残された中の君に大君の面影を見て動揺するも、中の君は匂宮によって都へ引き取られ、懐妊もして落ち着いた生活を送る。

その中の君に会いに来たのが、浮舟という三人目の女主人公である。

美しい浮舟は匂宮の誘いから逃れ、薫と結ばれるが、隠し妻として宇治で暮らすことになる。

そこへ匂宮が薫の振りをして現れ、想いを遂げてしまうのである。

浮舟は悩み、入水した。

匂宮の興味は浮舟の従妹に移り、薫は葬儀などをして普段の生活に戻っていく。

しかし、浮舟は生きていた。

浮舟の生存を知った薫はすぐさま手紙を送るが、浮舟は何度もはぐらかす。

浮舟がすでに別の男に囲われているのでは、などと薫は邪推するばかりだった――。


「楽しんではいただけませんでしたか？」

「いや、おもしろかった。入水した浮舟を助けた横川《よかわ》の僧都《そうず》というのは恵心《えしん》僧都・源《げん》信《しん》だな？　すぐれた人格の僧として書かれていて、出家の私にも励みになったよ」

源信はわが国における浄土教の祖と言われ、貴族たちに人気があった。

浄土教とは、阿弥陀如来の救いを信じて念仏すれば、死後に西方の極楽浄土に生まれ変われるという教えだ。

道長が九体阿弥陀堂を発願したのも、この阿弥陀如来の救いを求めてのことである。

なお、源信は『往生要集《おうじょうようしゅう》』を著して極楽往生への道と地獄の諸相について知らしめるとともに、三つの道を説いた。すなわち、天台《てんだい》教学の理を観ずる理観、仏の相《そう》承《じょう》を観ずる事観、そしてそれにも耐えられない極悪深重《ごくあくじんじゅう》の衆生へのまったくの方便としての称名《しょうみょう》念仏である。

称名念仏とは「南無阿弥陀仏《なむあみだぶつ》」と称えることだった。

源信に着想を得た横川の僧都を出したのは、出家となった道長の興味を引くためでもあったから、これもうまくはまってくれていた。

「最後まで心を込めて書きましたので、どうぞじっくり味わっていただければ」

と紫式部は言葉で念押しした。

そのおかげもあってか、道長は出家のほうに重きを移してくれていた。

法成寺に道長は居を移している。

右大臣となった実資が訪ねていっても、少しまえなら政務や行事のことで深更まで話をしていたところが、そのような話はまったくしなくなっていたそうだ。

『源氏物語』最後の帖「夢浮橋」を読んだ彰子は、何はともあれという感じで紫式部に言った。

「『源氏物語』、完成おめでとう。そして、ここまで書いてくれて、ありがとう」

その言葉に、紫式部は胸が熱くなり、目の前がぼやけた。

「もったいないお言葉にございます。私のほうこそ、ここまで書かせていただき、感謝しかございません」

すると、驚いたことに彰子が自ら紫式部のもとへ近づき、紫式部の手を取ったではないか。

「ほんとうにありがとう。あなたの物語があったから私は亡き一条院との仲を深められ、ふたりの皇子にも恵まれました。今日の私たちがあるのも、あなたの『源氏物語』のおかげ」

「そんな……」

紫式部は感極まってそれ以上、言葉が出ない。

「苦しんだり泣いたり、いらいらしたり楽しそうにしたりしながら、魂を傾けて書いてくれている姿を、私も見ていました」

筆を噛んだり頭をかきむしったり、とても人に見せられたものではなかったのに、よりにもよって彰子に知られていたとは……。

「そんな、みっともない姿を」

「あなたの姿に私も勇気をもらいました。筆で父に対抗するという難行を果たしながら、物語としてもとても楽しませてもらえました」

「けど私、ほんとうにこれでよかったのか、どうか……」

かなえきれなかったものは数多い。

一条天皇は崩御してしまったし、敦康親王の立太子は果たせなかった。


自分にもっと力があれば。

自分の物語がもっと魅力的であれば。

自分に言霊を自在に操れるほどの才があれば……。


けれども、彰子はやさしい、ふわりとしたいつもの笑みで、自分より年上の紫式部をねぎらってくれた。

「紆余曲折《うよきょくせつ》があったにせよ、いまの主上の御代は平和であり、東宮も健在です。一条院の理想まではまだまだこれからであるにせよ、父の妨害もよくも悪くも収まってきています」

「はい……」

「それに、あなただけにがんばらせたのでは、来世で一条院に怒られてしまいそうですし」

紫式部は頭を振った。「太皇太后さまは誰よりも努力されています」

「ありがとう。でも、主上や東宮を盛りたてる務めに終わりはありません。だから――『源氏物語』を書き終えても、もう少しだけ私と一緒にいてくれますか」

紫式部は彰子の手を振りほどくようにして後ろに下がり、平伏した。

「必ず、太皇太后さまのお役に立ちます。どうぞお供させてください」

彰子は微笑みながらも、気遣わしげな目をして、

「これだけの大作を書き終えたのだから、疲れ果てて出家したいのではありませんか」

「そのようなことはございません」

むしろ、『源氏物語』を書き終えたあと、越後の弁もいるのだからとお暇をいただくのではないかと心配していたくらいだ。

彰子が自分の女房たちを大切にし、彰子から追い出すようなことはしないとわかっているのだが、自分だけは暇を言い渡されるかもしれないと暗い想像をたくましくしてしまう。昔からの性格は変わらないようだ……。

そういうわけで、紫式部は彰子のそばにずっといる。

『源氏物語』は書き上げた。

なるほど、彰子の言うとおり、後一条天皇の御代は――病に苦しめられはしたものの――いまのところ安泰である。東宮たる敦良親王も元服し、妻を迎えて日に日に男らしくなっている。

だが、道長もまだ生きていた。

もはや出家し、病と折り合いをつけながら日々を生きているような道長だが、紫式部は心の片隅でまだまだ明確に警戒していた。

出家当初の俗人ぶりと、その頃に起きた後一条天皇周りの混沌をまったく無関係に考えられないのだ。

明確な因果関係の根拠はない。

ただ、巨大なる陰陽師・賀茂光栄が生きていたら、きっとそう判断しただろうと思うからだ。

道長が死ぬまでは、自分は彰子を護り、後一条天皇と敦良親王を護り、手の届くかぎりの人々を護りたいと願っている。

そのための仕掛けは『源氏物語』にしてある。

まだ道長が感じ取っていない仕掛けが……。

『源氏物語』を完成させた紫式部は、比較的ふつうの女房として日々を過ごしていた。といっても、これまでの実績があるから、並の中﨟女房とまったく同じではない。主として上﨟女房のように彰子のそばにいて話し相手を務めながら、実資などの大切な公卿たちと会って彰子の意見を伝えたり、彼らから情報をもらったりしてくる。何よりも他の女房と違っているのは、物語を書きたくなったらいつでも自らの局に籠もってよいとされていたことだ。

物語は不意に降ってくる。

朝露が落ちるとき。池で魚が跳ねたとき。手もとで使っている女童たちが遊んでいるのを見ているとき。伊勢大輔や和泉式部、越後の弁のおしゃべりを聞いているとき。天の一角から光が射すように、あるいは泉が湧き上がるように、物語は出現し、目の前を巻物のように流れゆく。

そういうとき、紫式部は局に入って筆を取るのだった。

『源氏物語』ほどの大作にはならない。

書いても『源氏物語』の一帖か二帖ぶんくらいの長さだ。

それらの物語は、写本に回して流布することはまずない。

彰子に献上したり、伊勢大輔など気心の知れた女房に読んでもらったりするためだけに書いている。

まるで出仕するまえの生活に戻ったようで、気持ちまで若返る思いだった。

紫式部が『源氏物語』を書くのにどれほど苦闘していたかを、他の女房たちも知っている。だから、紫式部が自分の局で不意に物語を書き始めても、みな何も言わなかった。

もっとも、おびただしいまでの書物があふれた紫式部の局は、もはや誰にも——紫式部自身にも——どうしようもないほどでもあったのだが。

万寿《まんじゅ》二年八月三日、尚侍《ないしのかみ》・嬉子が東宮・敦良親王の子を生んだ。

男児である。

難産だった。

出産のとき、嬉子がすでに赤斑瘡《せきはんそう》（麻疹《はしか》）に冒されていたためである。

嬉子の出産においての加持の吉凶を占った陰陽師でも意見が分かれ、僧たちも邪気を恐れていた。ついには道長自身が加持祈禱を始め、遅れて諸僧が加持をした。なんとか男児を産んだ嬉子だったが、二日後、息を引き取ってしまったのである。十九歳という若さだった。

すべきではない加持を道長がしてしまったからではないかとの声もあった。そうかもしれないが、取り返しがつくものでもない。

道長の悲嘆は極まらず、陰陽師らに無理やり命じて嬉子が住んでいた東《ひがし》の対《たい》の屋根で三回、嬉子の名を呼んで蘇生を願う「魂呼《たまよばい》」を行わせたほどだった。

魂呼で嬉子は甦らず、道長は三宝（仏と仏の教えと僧団）を怨んだ。

生まれた男児は東宮の第一子であり、このまま成長すればこの子も東宮となり、やがては天皇になることがほぼ約束されている。それは嬉子が、彰子と同じ国母になることを意味していた。

そのような栄誉に包まれる将来があったのに、嬉子はあまりにも早く世を去ってしまったのである。

彰子も、息子の妻であり年若い妹でもあった嬉子の死を悼み、深く悲しんだ。

生まれた男児は親仁《ちかひと》親王と名づけられたが、養育に関しては彰子に委ねられた。

その手にわが子を抱けなかった嬉子の心情を思ったのか、あるいはかつて敦康親王の養育を任されたときを思い出したのか、彰子は親仁親王を抱きながら目に涙をたたえていた。


紫式部が呼ばれた。

筆を置いて彰子の御前に参ずると、越後の弁——娘の賢子——も呼ばれていた。

彰子はその腕に親仁親王を抱いている。

親仁親王はすやすやと眠っているようだった。

その無垢な寝顔に、思わず目が行き、笑みがこぼれる。

賢子も昔はあんなだったのに、いまは立派になって……。

その頃、越後の弁は女児を生み、母となっていた。

彰子がふわりと微笑む。

「紫式部。物語の邪魔をしてしまったかしら」

「とんでもないことでございます」

「東宮の子の親仁親王の養育を考えることになりました」

「はい」

すると彰子は、越後の弁と紫式部の顔を見て言った。

「越後の弁に、親仁親王の乳母を引き受けてほしいのです」

一瞬、彰子が何を言っているのかわからなかった。

越後の弁が、呆けたような表情で彰子を見つめている。

「ふふ。ふたりとも同じ顔をして」と彰子が笑った。

「あのぉ。このけ……越後の弁が乳母ですか」

「そうです」

「でも……越後の弁でよろしいのでしょうか」

「越後の弁がよいのです」と言って、彰子はもう一度紫式部に微笑みかけた。「紫式部。あなたには苦労ばかりかけたけど、せめてあなたの大切な娘を、私の孫の乳母にさせてください」

「太皇太后さま……」

親仁親王はやがて東宮となり天皇となる。その乳母となるのは、女房たる身では最高の栄誉だった。

「けれども、これは紫式部の働きへの感謝というだけではなく、越後の弁のこれまでの働きを見てでのことでもあります。引き受けてくれますね？」

越後の弁がうやうやしく礼をした。

こうして紫式部の娘・越後の弁は親仁親王の乳母となったのである。

娘が親王の乳母になるなど、一受領の家に生まれた紫式部には想像だにできなかったことだったのだが、嬉子のことを考えれば喜びも半分になるというものだった。

それだけではない。十一月には、彰子に仕えていた和泉式部の娘の小式部内侍が、まだ三十歳にもならない若さで亡くなった。

和泉式部は涕泣し、彰子は小式部内侍の唐衣《からぎぬ》を表紙にして写経を作り、供養とした。恋の花の咲き誇る春の野原のようだった和泉式部の目から輝きが消え、冬の曇り空の葉のない林のようになっている。彰子も紫式部も、和泉式部のそばで悲しみを分かち合うことしかできなかった。

思ひきや　はかなく置きし　袖の上の
　露をかたみに　かけむものとは

——思いもしませんでした。はかなく置いた唐衣の袖の上の露をあの人の形見として互いに涙をかけるなんて。

年の瀬の寒さが一層身に染みる夜、彰子は紫式部を呼んだ。

「今年は悲しい一年になりましたね」

「はい」

八月に嬉子が亡くなったが、実はその前月の七月、小一条院女御の寛子が赤斑瘡を患い、二十七歳でこの世を去っていた。

寛子は彰子の異母妹であり、道長の三女である。かつて後一条天皇の大嘗祭で女御代を務めたが、東宮を退いた敦明親王を道長が迎える形で寛子の婿とし、ふたりの子を授かっていた。

十月にはその小一条院の女房が道長の子女はみな死ぬという夢を見たという話が広まってもいた……。

「三人も、亡くなってしまいました」と彰子が唇を嚙み、涙をこぼした。

彰子は、和泉式部の娘の小式部内侍も、自らの身内として数えている。

「十月の夢では、大殿さまの子女の命が、とのことと伺っています。私は誰よりも太皇太后さまの身が心配でございます」

ありがとう、と彰子が答えた。

冬の風が格子《こうし》を揺らし、鳴らす。

紫式部は火桶を彰子のほうへ押し出した。そのときに軽く手があたたまる。自分はそれくらいでいいのだ。

紫式部に最初に話すのだけど、と言って彰子が一度言葉を切った。

なぜだろう。紫式部は顔が強張《こわば》り、胸が苦しくなった。

無性にその先を聞きたくない……。

彰子はじっと紫式部を見つめて言った。

「出家しようと思います」

紫式部の目に、涙がこみ上げる。

十三歳で一条天皇に入内した彰子も、年が変われば三十九歳。二十六年という長い年月を一条天皇のため、子らのため、世の安寧のために尽くしてきた。

紫式部からは一回りほども年下の彰子だが、いつも姉のようであり、ときに母のようでもあった。

自分だけではない。他の女房たちにとっても代えがたい方であり、道長も頼通も、実資までもが頼りにしてきた。

その彰子が、いよいよ世を捨てる——。

紫式部は洟を啜って、震える声で尋ねた。

「ご決意、なさったのですね」

彰子はまだ二十歳にもなっていなかった頃のような清らかなまなざしをしている。

「主上や東宮、生まれたばかりの親仁親王のため、一族のため、何よりも一切衆生のために、出家したいと思うのです」

老いて病が忍び寄ってきて道長のように延命を願っての出家ではない。もちろん、自らの命を御仏に守ってほしいとすがるための出家でもない。また、一条院のような阿弥陀如来との結縁《けちえん》のための臨終出家でもない。

「かつて御仏も、生老病死の四苦の苦しみから人々を救う方法を求めて出家なさいました」

「そのような大それたものではないのです。すでに父も母も出家し、悲しいことも重なり、世の無常に仏の道を求めたまで。一条院や敦康、今年亡くなった者たちの菩提《ぼだい》を弔いたい気持ちもあります」

「尊いお志だと思います」

「ただ、世を捨てて出家となって、その功徳で人々のために奉仕できるなら、これに勝る喜びはありません」

彰子が出家の意向を天皇や東宮に伝え、次いで道長や頼通ら、さらに女房たちに伝えると、驚かない者は誰もいなかった。ある者は言葉を失い、別の者は泣き出した。天皇・東宮や一家への説得は彰子自身がするしかなかったが、女房たちへの説得には紫式部も担うことになった。

なかには、紫式部に恨み言をぶつける者もいた。

「太皇太后さまが出家なんて……なぜ紫式部さまはお引き留めしないのですか」

「あれだけご恩を受けていながら、紫式部さまは薄情ではないのですか」

そういう女房たちを見るにつけて、紫式部は悔しく、またうらやましかった。

自分が彰子への忠誠で人後に落ちるとでも思っているのか。

できるなら、彰子にはいつまでも現世に留まっていていてほしい。

尼そぎになることなく、みどりの黒髪であっていただきたい。墨染めの僧衣ではなく、あでやかな唐衣でいていただきたい。

彰子に「出家はせめてもう少し先に」と、泣いてすがりつきたい。

けれども。

自分のわがままで出家の願いを先延ばしにした場合の悲劇は、すでに源氏と紫の上で描いている。

「紫式部さま。おつらいお役でございますね」

と言ってくれたのは伊勢大輔だった。

したり顔の女房たちの雑言に耐えていた紫式部は、涙がこみ上げた。

このすぐれた後輩は、いつも紫式部の心を正しく見てくれている。有り難い存在だった。

伊勢大輔だけではない。和泉式部も、彰子の出家の志を受け止めてくれた。

「私如きの娘のことまで、そこまで深く思ってくださるなんて」と、和泉式部は合掌して拝むようにしながら涙を流していた。

彰子は長年仕えてくれていた紫式部と和泉式部の娘たちを常に気にかけていたのだ。ちょうど娘をなした越後の弁が乳母になったが、小式部内侍にもしかるべきときにしかるべきように報いたいと思っていたはずだ。

小式部内侍が亡くなって、身内同然にその供養をしたいと言った彰子の気持ちは、すでに釈迦大如来に仕える菩薩の慈悲に見えた。

万寿三年正月、彰子は弘徽殿で後一条天皇と東宮・敦良親王の拝舞を受けた。

そのあと、関白・頼通らを招いて二宮大饗を催したのである。

ああ、これが最後なのだな、と紫式部は思う。

心を込めて準備した。

亡くなるわけではない。そばにはいられるだろう。これまでのように政務も執るはずだ。

だが、やさしく穏やかで、控えめなのに誰よりも可憐な彰子の姿を、もうすぐ見られなくなるのだ。

紫式部のみならず、多くの女房たちも貴族たちも、彰子の姿と『源氏物語』「幻」の帖を重ねている。

雪が降っていた。

梅の花の、わづかにけしきばみはじめて雪にもてはやされたるほど、をかしきを、御遊びなどもありぬべけれど、なほ今年までは、ものの音もむせびぬべき心地したまへば、時によりたるもの、うち誦じなどばかりぞせさせたまふ。

――梅の花が、わずかに色づきはじめて雪に引き立てられているのが、趣深いので、管弦の遊びなどもあるはずなのだけれども、やはり今年までは、楽の音にもむせび泣きしてしまいそうな心地がされるので、いまにあうものを、口ずさむ程度になさっている。

正月十九日。

彰子は出家した。

彰子の出家にあたっての戒師は、道長と同じく院源が務めた。

得度を控えた彰子は紅梅の御衣を八枚ばかり重ねていて、さらに浮文《うきもん》の表着を身につけている。

若々しく、美しかった。

国母と呼んでよいのかためらわれるほどで、女御だと言われても納得する可憐さである。

背丈に一尺余り長かった黒絹のように流れる御髪に、銀の鋏が入れられた。

彰子は髪を短く尼そぎにして落飾《らくしょく》し、清浄覚《せいじょうかく》という法名を授かったのである。

道長は彰子の出家に雨のように涙を流して号泣していた。

同日、女院号《にょいんごう》が宣旨されている。一条天皇母后で彰子には伯母にもあたる東三条院詮子《ひがしさんじょういんせんし》にならったもので、ふたりめの女院号宣旨だった。

彰子は以後、「上東門院《じょうとうもんいん》」と称されることになる。

上東門院とは、かつての道長の邸宅で、彰子が住する土御門第の別名である。

また、宮宣旨《みやのせんじ》、弁内侍《べんのないし》、大輔命婦《たいふのみょうぶ》、大弁《だいべん》、土佐門《とさのもん》、筑前命婦《ちくぜんのみょうぶ》という六人の女房が、ともに出家したいと志願した。

道長と実資が、彰子の出家に伴って話し合い、年官年爵についての宣旨を出す。これにより、上東門院の職司として別当六人、判官代四人、主典代四人が定められた。

やはり何かあったときに実際に手を打てる道長と実資のふたりだな、と紫式部は思った。同時に、このふたりが、彰子の有り難みをもっとも理解しているのだろうとも考えている。


彰子が出家してしばらく経った。

桜が美しく咲いている。

墨染めの彰子と桜を比べるほどに、しみじみとした趣があった。

椿餅を用意し、ふたりはゆっくりと物語をしている。

「結局、あなたを俗世に留まらせてしまいましたね」

と彰子が謝った。

「お、畏れ多いことにございます」

紫式部は思いもかけず緊張した。まだ「上東門院」に慣れない……。

「父や右大臣（実資）があなたを頼りにしっぱなしなのも、俗世のほだしになってしまっているかもしれませんね」

紫式部が苦笑する。実資はともかく、道長にあまりに頼りにされてもな、と思ってしまう。

「紫の上も結局、出家できませんでしたから」

「あらあら。それでは私は源氏になってしまうのかしら」

彰子の心が軽そうなのが、うれしかった。

もともと派手好きとは縁遠く、しとやかな彰子だ。政に介入するのも、己の欲からではなく、一条天皇の仁政の遺志をかなえたいという願いからである。まだまだすべてを捨て去ることはできないにしても、出家して仏道に邁進できることを喜んでいるようだった。

そんな彰子の笑顔が見たい。彰子の夢や理想がことごとくかなってほしい。

紫式部のこの願いは変わらない。

国母である彰子のような場合ならいざ知らず、ふつうの女房が出家してからもあちこちの貴族のもとに顔を出すのは、まずない。

現に、彰子とともに出家した六人の女房たちは、彰子の身のまわりを整えたりはしても、表立った華やかな場に出ることはなく、自らも仏道に精進している。

かつて心に誓ったように、彰子の願いをかなえるためならば、紫式部は現世に留まり続け、そのまま死んでいくつもりだった。

「上東門院さまの、国母としての権威と出家の功徳が世を照らし、守りましょう」

「そうあってほしいものですね」

と言う彰子の目がひどく真剣だった。

「上東門院さまなら、できます」

「ふふ。だとしたら長生きをして、みなを助けていきたいものですね」

彰子はやはり政務を執る必要があり、三月には内裏に参じ、四月には土御門第で貴族たちに宴を開いてやったりした。

紫式部も、これまでどおりに実資をはじめとする貴族たちのところへ出向いたり、女房たちの話を聞いたりしては、彰子に伝えている。

五月、後一条天皇がまたしても病にかかった。

だが、幸いなことに重篤にならずに平癒している。

やはり出家の功徳だろうかと紫式部は、釈迦大如来に感謝した。

七月、その彰子が自ら帯を用意し、懐妊した中宮・威子に贈っている。

無事に生まれれば、後一条天皇の初の子だった。

皇子をふたり産み、そのふたりが天皇と東宮という彰子が用意した帯を、威子は感謝して受け取り、出産に臨んだ。

初産のため苦労したが、威子は無事に女児を出産。先年、出産すぐの嬉子の死があったため、みな気が気ではなかったが、母子ともに安くあった。

彰子の出家を契機に、不幸はなりを潜め、明るい出来事が重なっていくように思えた。

紫式部は、心配していた故・藤原顕光の呪いを過ぎ越せたのかもしれないと、胸をなで下ろす思いがしていた。

しかし、このあと紫式部は思い知ることになる。

呪いというものの根深さと悪辣さを――。

万寿四年二月、東宮・敦良親王が倒れた。

瘧病だった。

頼通や後一条天皇も苦しめられたこの病に敦良親王が倒れたと聞くと、彰子はすぐさま祈禱の令旨を発した。

この頃の彰子は出家にもかかわらず、ますます忙しくなっている。

道長の体調が坂道を転げるように悪くなっていたのだ。

病の苦しみ方がますますひどくなり、もののけに憑かれて激しく苦しみ、泣き叫ぶ。

彰子は自ら何度も足を運んでは道長を見舞い、自らも祈禱をし、なだめていた。

国母として政を導くだけではなく、出家として彰子は病との戦いを繰り広げたのである。

その彰子に寄り添いながらも、再び噴き出してきた難事に、紫式部は「もしかして……」という思いを抱き始めていた。

不吉なことを考えるのはやめよう、と紫式部は頭を振る。

しかし、追い払おうとすればするほど、よからぬ予感が鎌首をもたげていた。

もし、陰陽師・賀茂光栄が存命だったなら、「釈迦大如来の功徳は偉大だが、どんな高僧でも太刀で切られれば死んでしまう。呪も同じ。振り回す馬鹿を抑えねばいかぬぞ」と助言をくれたかもしれない。

すでに光栄が世を去って久しいし、紫式部は陰陽師ではないのである。

三月、敦良親王の病がすっかりよくなり、妍子の娘の禎子内親王が入内することになった。嬉子のあとの新しい后である。

だが、病はまだ猛威を振るい、娘の入内を祝うべき妍子が倒れた。

そのうえ、後一条天皇、彰子の異母弟の顕信《あきのぶ》までもが病に冒されたのである。

五月、顕信がこの世を去った。三十四歳。

後一条天皇は此度も快癒を見たが、妍子は一向によくならないでいた。

道長は法成寺に釈迦堂を建立し、百一体もの如来像を安置すると、八月に妍子を法成寺に移して釈迦堂で供養した。

派手好きできらびやかな妍子が、病苦にやつれて痩せ細っていた。目の焦点が定まらず、息は浅い。厳しい状況だった。

九月になると、妍子が死に瀕しているのは誰の目にも明らかとなった。

妍子は母の倫子がいる土御門第へ移されると、出家して御仏との縁を結び、亡くなったのである。

妍子も三十四歳だった。

彰子は悲嘆し、苦悩した。

あの実資でさえ、見舞いに来たのにただの一言も声をかけられずに帰っていくほどに、彰子も道長も頼通らも一家全体が悲嘆に暮れていた。

それは紫式部も同じだった。

だが、主が悲しみに沈んでいるときこそ、支えなければいけない……。


寛子、嬉子、顕信、妍子――。

道長の子らがたった二年のうちに四人も世を去っている……。

寛子が亡くなったとき、ある噂があった。

赤斑瘡で息絶えようとしていた寛子の枕元に、右大臣だった藤原顕光とその娘の延《えん》子《し》の怨霊が出現したというものだった。

事の真偽を考えるまえに寛子は亡くなり、そのあとすぐに嬉子の出産と薨去が重なっていた。

何故に顕光と延子が、寛子を怨むかと言えば、東宮を降りた小一条院・敦明親王を巡る愛憎ゆえと言われている。

寛子と敦明親王は完全な政略結婚だった。

寛仁元年に東宮を辞した見返りとして、敦明親王に寛子を与え、高松殿《たかまつでん》へ迎えたのである。

敦明親王は、もともとは顕光の娘の延子と婚姻関係にあって、顕光とは舅と婿の関係だった。延子とは二男一女を授かっていたが、彼女を捨てる形で、道長の婿になったのである。

無能ながら欲だけは強かった顕光は、激しく落胆した。

延子は心を打ち砕かれ、悲嘆のなかで寛仁三年四月に世を去る。

顕光はすでに左大臣となり、律令の定める官職では事実上の最高位に達していたが、敦明親王が道長の婿となったことで、摂政や関白となって道長に勝つ見込みはなくなったのである。

顕光は治安元年五月に亡くなっている。

寛子亡きあと、さらに嬉子が亡くなり、小一条院・敦明親王に仕えていた女房が「道長の子女はみな死んでしまう」という夢を見ている。

その夢が現実になってしまうのを阻止するためもあり、彰子が世を捨てて残る子女たちを守ろうとしたのだ。

彰子が出家した年は何事もなかった。

だが、その翌年、顕信が亡くなり、妍子が続いたのである。

妍子は敦明親王の父である三条天皇のときの中宮であり、一家三后をなしたときの皇太后だ。

残る三后は後一条天皇中宮の威子と——太皇太后たる上東門院・彰子である。

道長の娘たちがわずか数年で三人も亡くなってしまう事態に、人々は再び「顕光の怨霊の仕業だ」と噂し始めた。

もって、顕光を「悪霊左府《あくりょうさふ》」と称する声まで出てきている。

左府とは、左大臣の意味だ。

賀茂光栄が注意を促した顕光。

生きている間は無能で知られていたが、死してのち悪霊として名を広めんとするか。

それとも、これがあの男の本性だったのか。

紫式部は決意する。

顕光に『源氏物語』で戦いを挑むのだ。

無能のくせに欲だけは強い顕光ごときに、万が一にも彰子を呪い殺させるつもりはまったくなかった。

かつて、実資は言っていた。

「無能者であっても、怨みはひどくなるものです」と。

光栄が残した言葉に従い、左大臣・藤原顕光の封じ込めを祈念した言霊を『源氏物語』の宇治の物語にはちらばせていた。

本格的な悪霊との対決は初めてだ。

ほんとうなら彰子と話をしたいが、その余裕はないだろう。

彰子自身が悲しみのどん底にありながら、実質的な「家長」として道長や頼通たちを慰めている。道長の体調が悪くなれば、出家としての祈禱も差配しなければいけなかった。

死せる顕光との対決について、相談を持ちかける時期ではないと紫式部は自粛した。

となれば伊勢大輔だが、娘を亡くした和泉式部を慰めながら彼女のぶんまで働いている。

娘である越後の弁は、親仁親王の養育に全身全霊を傾けている。

誰も相談できそうな相手はいない。

そのおかげで、紫式部は妙に覚悟ができてきた。

みな、なすべきことをなしている。

自分も黙ってなすべきことをしよう……。

誰かに相談したかったが、宇治の物語だけでは弱いだろうかと自信がないからではない。

むしろ、かすかな自信を持っていた。

顕光の墓まで行くことも考えたが、やめた。

そんなところへ行けば、敵地に乗り込むようなものだからだ。

紫式部は法成寺釈迦堂に籠もった。

百一体の仏像が供養されているうえ、妍子のために彰子が何度も修法を行わせた場所である。釈迦大如来の加護と彰子の功徳を期待できると思った。

「賀茂光栄さま。どうかお導きください」

紫式部は本尊のまえで合掌し、光栄の助力も祈ると、心のなかで呼びかけ始めた。

左大臣・藤原顕光さま。左大臣さま。

これからあなたさまのために、私のつたない物語を供養いたします——。

紫式部は『源氏物語』の終わりの十帖、宇治の物語の写本を手にした。

そのころ、世に数まへられたまはぬ古宮おはしけり。

――その頃、世間から忘れられていた古宮がいらっしゃいました。

本尊を正面にして、すぐそばに顕光がいると思って、読経するように第四十五帖「橋姫」を読みあげ始めた。

生前の顕光がどこまで『源氏物語』を読んでいたかは知らない。だが、「橋姫」から「夢浮橋」までの十帖は、それだけで独立して読んでも意味がわかるように書いた。

この十帖の読誦《どくじゅ》供養は、届くはずだ――。

ほどなくして、まるで鏡に文字を写すように、紫式部の心に顕光の声が浮かんでくるような心地になる。

『おぬしらは間違っている』と心に映じた顕光の声は主張した。

これはほんとうに顕光の声なのか……？

最初は半信半疑だったが、心に映ずる声は同じことを繰り返す。

紫式部は宇治の物語を読誦しながら、心のなかで問うた。

何が間違っているのですか。

『何もかも間違っている。道長めの世であること。私が摂政や関白になれないこと。そもそもこれほど優秀な私を無能呼ばわりしたこと――』

あなたさまは高貴な生まれでいらっしゃいました。

『そうだ。私は偉大な生まれだ。私は無能ではない。ちっ。娘が敦明をくわえて離さず、東宮にしがみつかせておけば、私と道長めは逆転できた。私こそ、最強の摂政・関白として権勢を誇れたのだ』

あなたさまも摂政や関白を目指していたのですね。

『本来、そうなるべくして生まれたのだ。私は無能ではない。娘がいけない。道長がいけない。実資がいけない。おぬしがいけない。三后なんてのは大嫌いだ――』

それで、皇太后（妍子）さまのお命まで奪ったのですか。

『寛子も嬉子も妍子もぜんぶ殺してやった。私は無能ではない。道長なんてのは子作りがうまかっただけだろ。何よりも彰子がいちばん嫌いだ』

上東門院さまになんという口の利き方を……っ。

『世に私以上の智者も為政者もいない。私は無能ではない。おぬしらは私の姿はおろか声を聞くのもおこがましいくらいの下の下だとわきまえろ』

なんなのだ、この男は。

紫式部は呆れた。

顕光はしきりに、自分は優秀で偉大なのだ、おぬしらは下の者たちなのだ、と繰り返している。自分の娘だった延子も含めて、誰のことも褒めないし、感謝もしない。死んだはずなのに、一切、御仏の世界の話をしないで、ひたすら現世に執着している。

従一位・左大臣にまでのぼりつめたのに、こんなことしか言えないだなんて。

なんという空しい人生なのか。

もはや言葉のやりとり自体が苦痛だった。

紫式部は静かに宇治の物語を読みあげつづける――。

顕光の悪霊は、ずっと愚痴と文句を訴えていた。

が、途中から物語の内容にも反応するようになる。

世に怨みを残していた阿闍梨《あじゃり》など、手を叩いて喜んでいた。

『そうだ。世に怨みを持たぬ者などいない。私は無能ではない。悟り澄ましたような顔をしている奴らは、みな大嘘つきよ』

紫式部は読みつづける。

途中、喉が痛くなって水をのんだ。

けれども、中断したり、ましてや止めてしまったりはしなかった。

顕光の悪霊は、邪魔をしてくるようになり、だんだん激しくなった。嘲り、馬鹿にするのは当然のこと。ときに紫式部の喉を絞めあげ、別のときには紫式部の胸の鼓動を止めようとするように押さえつけにきた。

紫式部は淡々と読誦を続けている。

最初は、とても公卿とは思えないほどに口汚い顕光の救いようのなさに、うんざりしていたのは事実である。

それが、不思議なことにかわいそうに思えてきた。

生前の顕光は、それなりに立派な公卿だった。

無能なところはあったにせよ、身なりは堂々としていたし、よい薫物を焚きしめた衣裳で参内していた。

それが、いま「悪霊左府」だ。

こんなふうになるのなら、出世もしないで若い頃から仏門に入って無名の一僧侶として修行だけの人生に集中したほうがよかったのではないか。

顕光は、浮舟が出てくると変に嫌がった。

『気持ちが悪い。こんな女はいらない』

何が嫌なのですか、と紫式部が静かに尋ねる。

『こんなふうの女はいらない――ッ』

顕光は、恵心僧都・源信をもとにした横川の僧都の清僧ぶりも嫌がった。

『こんな僧はいない。私は無能ではない。みな形だけだ。僧の位を振りかざして威張っている者ばかりだ。あるいは親しみやすさと無作法になれなれしいのとの区別もつかない、雰囲気の卑しい者ばかりだ』

「手習」の帖で、顕光の悪霊はますます暴れた。

「とみにせさすべくもあらず、皆言ひ知らせたまへることを、うれしくもしつるかな」と、これのみぞ仏は生けるしるしありてとおぼえたまひける。

――「急いで出家させるものではないと、尼君たちみなが言い聞かせていらしたことを、うれしいことにやりとげた」と浮舟は、この道だけが仏は生きる意味のあることとお導きくださったと感じたのだ。

浮舟が横川の僧都によって出家すると、顕光の悪霊は罵った。

『この女はおかしいッ。恥知らずだッ。あのまま匂宮と薫のふたりを絞りつくし、やがてはどちらかの北の方に知らん顔して収まればいいのに、なぜこんな馬鹿なことをするのかッ』

紫式部は心のなかで答えた。

これがふつうの女の姿です、と。

『なんだとッ』

左大臣さま。あなたさまはお振る舞いはどうあれ、結局、政を私物化したかっただけでございましょう。

『私物化ではない。私は無能ではない。私こそが政なのだ』

だからあなたさまは「ふつうの女」である浮舟が恐ろしいのです。

『………ッ』

紫式部はもう顕光の悪霊の声に耳を貸さなかった。

紫式部が、宇治の物語十帖を読みあげ終えるのに、丸一日以上かかった。

顕光の悪霊がおののいているのが感じられた。

無名でふつうの女の物語へと収斂《しゅうれん》していく宇治の物語は、貴族の家に生まれ、貴族として育ち、貴族の頂点を目指していた男には、理解を拒絶している。

『女どもは、こんな恐ろしいものを読んでいるのか』

最後の帖である「夢浮橋」を読み終えた紫式部は静かに合掌し、ここまで書かせてくれた彰子に、縁あって出会ったすべての人々に、御仏に心からの感謝を捧げた。

ついに自らの言葉を発した。

釈迦大如来の慈悲と智慧に安寧を見い出す人の心が、あなたは恐ろしいという。

藤原顕光、あなたは弱い。

あなたの呪いは、釈迦大如来の慈悲を塵ひとつも穢すことはできない——っ。

琵琶《びわ》の弦が切れるような音がした。

「悪霊左府」の気配はもうどこにもない。

宇治の物語と紫式部の言葉が言霊となって、引導を渡す。

『源氏物語』は、宇治川の流れが木の葉を押し流すように、顕光の悪霊をいずこかへと運び去ったのだった。


顕光の悪霊は去った。

あとは閻魔大王の裁きを受け、行くべき地獄へ行くだろう。

だが、その余波は大きかった。

わずかな月日のあいだに寛子、嬉子、顕信、妍子と愛する子らの死を立てつづけに見せつけられ、道長の命が消耗しきっていたのである。

十月、道長は重篤になった。

すでに六月には飲食をまともに受け付けられなくなり、七月には痢病も加わっていた。

その身体に病苦という病苦を集めているような道長の姿は、これまでのすべての怨みの清算が始まったようだった。

行事は一斉に停止され、一家の者は総力をあげて加持祈禱をした。

「まだ、死にたくない……」

道長は呻《うめ》いた。

生への執着で日々を長らえている。

だが、道長の身体が限界になろうとしていた。

十一月になると、病状はますます悪化する。

悲惨であり、凄惨であり、無惨であった。

飲水病はひどくなり、そこへ痢病も加わっている。すでに目は見えなくなり、下痢によって伏したまま汚穢《おわい》を漏らすという。

道長が紫式部に会いたがっていると彰子から伝えられたのは、そのような病状のときだった。

重篤と聞いてから、紫式部は遠慮して道長を見舞いには行っていなかった。

人払いをして、彰子は道長の病状を説明したうえで、紫式部に命じるのではなく、尋ねた。

「父が会いたがっています。あまりにも厳しい姿なので、しいてあなたに行ってくれとは言いません。だから、紫式部の意思に任せます」

彰子は涙で喉を詰まらせている。

生老病死は逃れ得ぬ世の理。しかし、釈迦大如来は死の悲しみに涙するなとは教えていない。それに執着するなと教えたのである……。

「そのようなときに、私などが行ってよいのでしょうか」

「私たち一家の者だけではなく、右大臣たちにも会っています。——おそらく、死を悟って、最期の別れをしたいのでしょう」

紫式部は道長のもとを訪れる決意をした。

簀子にまで漂っていた汚穢の悪臭は、間に入るとより強くなり、酸鼻を極めた。

清らかな白木で作られた新しい間に、丁寧な作りのしつらいがある。

それらに囲まれて、衰え果てた道長がこちらを向いて横たわっていた。

背中にひどい腫れ物ができて、激しい痛みを伴うせいで、仰向けになれないのだ。

その腫れ物に針を刺して膿を出すたびに、道長は絶叫し、家人たちは耳を覆っているのだという。

聞いていたとおり、瞳は濁って焦点が合わないでいる。

紫色の唇は乾ききって深くひび割れ、開いた口で浅い息を繰り返すばかり。

真冬のように身を震わせ、低く呻いている……。

紫式部は胸が詰まり、目のまえがぼやけた。

これが、あの道長なのか。

つい何年かまえに、女郎花の歌のやりとりの件で注文をつけた、あの日の道長とほんとうに同じ人間なのか……。

「紫式部、参りました」

喉を励まし、震える声で告げた。

道長は喘鳴《ぜいめい》し、手を動かす。

こちらへ……と、かろうじて聞き取れる声で道長が言った。

紫式部が膝行する。道長はもはやほとんど視力を失っているとのことだから、顔を隠すこともしなかった。

たしかに紫式部だな、匂いでわかる、と道長は切れ切れに言う。

「上東門院さまから伺って、参りました。お気をしっかりお持ちください」

道長は激しく震えた。うなずいたように見えるが……。

最初はあまりの姿に衝撃を受けた紫式部だったが、徐々に気持ちが落ち着いてきた。それに伴って目の前の道長を冷静に見つめる。これも物書きの習性だろうか。紫式部はじっと道長を、その病み衰えた姿を見つめた。

そして思った。

自分の直感は外れていなかったのかもしれない、と。

その直感とは、やはり物語についてのこと——。

すなわち、源氏の出家と最期を描くべき「雲隠」に一文も書かなかった秘密の理由である。

光源氏という男は、道長のように栄華を極めた。

それと同時に、道長のように多くの怨みをも買った。

色好みの末に六条御息所を懊悩《おうのう》させ、生霊で人を呪い殺すまでの地獄に堕とした。

夕顔や葵の上が六条御息所の生霊で死んだのは、源氏が原因だ。

葵の上は正室なのに気位が高いと死の直前まで打ち解けず、さみしさを味わわせた。

藤壺《ふじつぼ》女御との不義密通は言うまでもない。それも、母の面影を求めてのことで、どこまで純粋に藤壺女御を愛していたのか……。

幼い頃に攫《さら》われた紫の上も、事実上の北の方となりながらも、その結ばれ方ゆえに正室になれず、子にも恵まれなかった。他の女が産んだ子を養育し、出家の願いもかなわずに死んでいった。源氏の被害者のひとりとも言える。

他にも大勢の女たちが人生を曲げられていった。

男もそうだ。

源氏にはしたたかな公卿としての顔もあった。

弘徽殿女御の側の政敵は、最終的に粉砕されている。

女三の宮と密通をした柏木にいたっては、源氏に皮肉を言われて睨まれただけで、心を打ち砕かれたようになり、罪の意識から死んでしまった。

光り輝くようだと褒め称えられていたが、その裏ではかなりの怨みを買っていただろう。

その源氏が、最愛の紫の上の出家も許さなかった源氏が、出家して安楽な最期を迎えられるのか――。

紫式部は「それほど甘くはない」と直感したのだ。

端的に言ってしまえば、美貌と権力に恵まれた劇的な人生だったが、その心は御仏にとてもお見せできないものだった、と判定したのである。

出家はできよう。

しかし、その死にあたっては、いままでの罪業がその身に返ってくるのではないか。安逸とはほど遠い、現世のあらゆる苦しみが身に及ぶのではないか。ちょうど、いまの道長と同じように。

さもなくば、来世での閻魔大王の裁定はもっと過酷になるかもしれない。

善因善果・悪因悪果は釈迦大如来の教えであり、平安京のできた頃の高僧である弘《こう》法大師《ぼうだいし》・空海《くうかい》も大切に弘めた教えだ。

源氏は善因も播《ま》いたが、悪因も播いた。

人は自らの播いた種を刈り取らねばならない。

それが人生の意味だからだ。

源氏が惨めに砕け散っていく最期では、あまりにあわれに思えて、紫式部は執筆を迷ったのである。

光栄に相談した真の理由は、この自らの見立ては筋が通っているかどうかを確かめたかったからだった。

結論として、紫式部は源氏の最期を書かないことで、彼への最後の慈悲にしたのだ。

それが、源氏という男を、道長に対抗させるために「若菜上」以降で転落を味わわせ、心に曇りを作らせた、紫式部にできるせめてものことだった。

物語を、と道長が言った。

物語をもっと読みたかったとでも言おうとしたのか。それとも、物語をこれからも書いてくれと励ましてくれようとしたのか……。

紫式部は「物語を読んでくれ」と勝手に解釈した。

持ってきた写本を開く。

口下手な自分にとって、最後の見舞いは、重い。

だから、物語を——道長の欲心を断ずるために書き、悪霊左府をも追い払った『源氏物語』を読み聞かせようと思って、写本を持ってきたのだ。

紫式部にとっての手向けだった。

山におはして、例せさせたまふやうに、経仏など供養ぜさせたまふ。

——比叡山においでになって、いつもさせなさるように、経典や仏像などをご供養させる。

道長がやや顔をしかめたように見えた。

紫式部が読みあげ始めたのは「夢浮橋」。

『源氏物語』五十四帖すべての最後の帖である。

紫式部は静かに、病める道長の耳ではなく、道長の魂に、心に聞かせるように読み進めていく。

道長は濁った目で紫式部を見守りながら、すぐに聞き入った。

その目は紫式部を見ているのか、物語の世界を眺めているのか、それとも自らの人生を省みているのか……。

紫式部もこれまでの日々を振り返っていた。

『源氏物語』は、道長が興味を持ってくれたから始まった。

書くための場所と道具と、そのためのきっかけをくれたのだ。

彰子と出会わせてくれたのも『源氏物語』であり、道長だ。

やがて『源氏物語』は、彰子の理想のために、道長を導くための言霊の物語へと変容した。

道長は源氏そのものではないが、道長なくして『源氏物語』はここまでのものにはならなかった。

ありがとうございました。大殿さま……。

読みあげるのに、一辰刻《しんこく》（二時間）かかった。

冬の冷たい風が格子の隙間から入る。陽射しは軽く汗をかくほどなのに。

遣り水の音がしていた。魚が跳ねる。

写本を閉じた紫式部は目を閉じて合掌し、心のなかで「南無阿弥陀仏」と称えた。

道長が頭を動かした。

教えてくれ、と道長が言った。

「はい。私に答えられることでしたら、何なりと」

途切れ途切れになりながら、道長が尋ねる。『源氏物語』最後の女主人公の浮舟は、ふつうの女。なぜ、こんな平凡な女で、物語を閉じるのか。

紫式部は前屈みになり、道長の耳に言い切った。

「これでいいのです」

道長は、ついにわからなかったようだった。

彰子のもとへ戻ると、紫式部はどのような見舞いだったかを報告した。

紫式部と彰子のあいだには、読み聞かせてきた「夢浮橋」の写本がある。

彰子は目に涙をためながら、紫式部に礼を述べた。

「ありがとう。ほんとうにありがとう」

「いえ……」

彰子は軽く脇息に腕を置いているものの、背筋を伸ばして伏し目がちにしている。

「あれほど栄華を極め、無数の仏像を荘厳した父が、あのような姿になって……。これも御仏の計らいなのだとするなら、御仏は父に、私たちに、何を教えようとしているのでしょうね」

「…………」

紫式部が沈黙していると、彰子は自分からつづけた。

「父は、いままでの――あるいは一族が受けるべき――怨みを、一身に受けているようにも見えます。このような苦しみを受けることで、心に積もった罪業を多少なりとも減じ、来世の悪しき報いを減じてくれるのかもしれませんね」

「はい」とだけ、紫式部は答えた。

彰子は畳に置かれた「夢浮橋」の写本の表紙をそっとなでる。

「父は、浮舟の心はわからずじまいでしたか」

「はい」

宇治の物語にて――。

薫が求めた大君は命を絶ってしまった。

せめて大君を偲ぶ人形を作り、絵でも描こうとしていた薫に、中の君が人形という言葉からの連想で思い出したのが、異母妹である浮舟という存在だ。

つまり、浮舟は大君の人形として薫に愛されるのだ。

かつて源氏が、亡き母・桐壺更衣の面影を求めて藤壺女御を求め、藤壺女御の面影をさらに求めて紫の上や女三の宮を求めたように。

浮舟は流転を定められた女だった。

父の宇治八《はち》の宮《みや》には認知されず、母の中将《ちゅうじょう》の君《きみ》に連れられて東国を転々とし、継父の常陸介《ひたちのすけ》の帰京に伴って都に来たばかりで物語に登場する。

浮舟には縁談があったが、継子であるという理由で破談され、住んでいた西の方まで奪われて身の置き場を失っている。このような家庭争議は、この時代ではよくある話だった。

やがて薫によって宇治に運ばれて安定するかに見えた矢先に、匂宮とのあいだに過ちを犯し、流されながらも苦悩し、入水自殺を図る。

浮舟の実父・宇治八の宮は源氏の弟である。つまり、浮舟は源氏の姪であり、帝の孫にあたるのだが、それにふさわしい養育も扱いもなかった。

東国育ちの浮舟は管弦もわからず、都の教養や趣味が身についていない。おかげで、その美貌を愛でられながらも、薫からも匂宮からも、古今の歌を交じえる引歌《ひきうた》をして話しかけられる、ということがない。

何も持たない平凡な女——それが浮舟だった。

その浮舟が初めて自分の意思で取った行動が入水であり、出家だった。

どちらも、この世の生をあきらめることである。

だが、人形であることを宿命づけられた浮舟に、そもそもこの世の生があったのか。

人生とは自らが何事かを決められるのが本質だとすれば、浮舟は入水と出家でこの世の生をあきらめる決断こそが、人生を生き始めた瞬間と言えた。

入水自殺は失敗に終わった。しかし、出家は成し遂げた。

現世の行いは失敗しても、釈迦大如来のあとにつづくことだけは誰にも拒めない。

横川の僧都に出家を願ったときの浮舟は、ほんとうに何もなかった。財物はおろか、記憶までも失って、自らが何者であるかさえわからなくなっていたのだ。

この時代、出家するにはその準備を用意しなければいけなかった。何もない女が出家するのは、不可能に近い。

それを紫式部は超克《ちょうこく》させた。

御仏の慈悲にすがる者を富裕かどうかで分け隔てしないために、横川の僧都を用意したのである。

かくして浮舟はすべてを捨てた。

すべてを捨てることで、すべてを得た。

諸々の事象は過ぎ去る。ただ釈迦大如来に手を合わせる浮舟の、悟りを求める菩提心だけが最後に残った。

浮舟を取り戻したい薫はただ惑い、他の男に囲われているのではと思い悩み、その霧から出られずに物語は広がったままで終わる。

これは物語でありながら、道長たちのいる現実世界の写し絵でもあるから、紫式部が閉じるのではない。

閉じられるのは、各人の人生であり、御仏の念いだけなのだ。

「源氏たちの繁栄も、きらびやかな日々も、零落の悲しみも、薫や匂宮の思惑やあらゆる愛憎も、最後は私たちのような平凡な女たちにかなわなかった——それが紫式部が最後に込めた言霊の意味ですね」

彰子が穏やかに読み解き、そうまとめた。

紫式部は微苦笑して彰子を見つめた。

慈しみ深い国母であり、自分の漢籍の教え子でもある彰子は、若き日から揺らぐことなくすぐれている……。

「上東門院さまを『平凡』などと称するのは畏れ多いことでございます」とことわって、紫式部は本心を明かした。「多くの女たちを描いてきましたが、この浮舟も私の分身なのです」

「あなたはいろいろなところに、自らの心をちりばめてくれましたね」

「私こそは平凡な女でした。平凡な女が運命のなかで上東門院さまに育てていただいた。そのご恩返しをしたいと、私はあがいていただけなのです」

そうしてできたのが『源氏物語』であり、自分を導いてくれた彰子の素顔とその周りでただあがいていた不格好な記録が『日記』なのである。

「そんなに謙遜しなくてもよいのではありませんか」

と彰子がありがたいことを言ってくれるが、本心だからしかたがない。

「この宇治の物語には、常に宇治川の流れる音が響いています」

それは、かつて源氏の繁栄を風塵《ふうじん》となした無常の風の別の顔。

浮舟はその無常の川に身を投げ、横川の僧都に助けられた。

それこそが、人の心がほんとうに頼れるところ。

流れゆくもの、崩れゆくものばかりの現世において、動かず、崩れず、流れゆかないところとは何か。

それは源氏には見つけられなかった。与えられなかった。

源氏だけではなく、紫式部自身が長大な物語のなかで探しあぐねたもの。

さまざまな男と女の愛憎を描き、権力の流転を描きながら、やはりそのなかにはどうしても見つからなかったものだ。

それは、煩悩の瀑流《ぼうる》のなかの不動の境地。

移ろいゆく世にあって寄る辺とすべき唯一のものとは、横川の僧都の助け、出家への誘い——釈迦大如来の慈悲以外にはないと、浮舟はたどり着いたのだ。

なんだ、そんなことかと思う者もいるだろう。

しかし、それが人生の真実。

誕生のとき。死のとき。人はその不思議に、神秘に、天を仰ぎ、胸の奥に問いかけずにはいられないだろう。

それ以外にも、病のとき、挫折のとき、老いていくとき、誰かと結ばれるとき、別れるときにも、普遍なるものがちらちらと姿を覗かせる。

人生はどこかで必ず御仏と出合うようになっているのだ。

きらびやかな都人ではない、平凡な女がたどり着いた、ごく平凡な答え。

ゆえにこそ誰もが身につまされる境地が生まれたのだ。

これまで出家してきた物語の女たちのすべてを合わせて昇華して、突き詰めた境地であった。

宇治川の無常と御仏の大悲について、紫式部が明かすと彰子はじっくり味わうように考えたあと、言った。

「先ほどの言葉をあらためなければいけませんね。浮舟は決して平凡な女などではありません」

「そのようなことは……」

「自らを非凡だとする男たちがたどり着けなかったもの、ただの貴族の出家では見つからない命懸けの信心。これは平凡な女では摑めないでしょう」

「上東門院さま……」

「弱いから信じるのではない。聖徳太子《しょうとくたいし》は偉大なお方でしたが、同時に誰よりも釈迦大如来を篤く信仰されていました。聖徳太子は弱いお方だったでしょうか」

紫式部は答えた。

「違います」

「私もまた出家の身となりましたが、浮舟の信心にもまだまだ達していないかもしれません。もっと仏の道を虚心に求めていきましょう」

「い、いや、そんな……。上東門院さまにそのように言われてしまっては、誰が釈迦大如来の大悲を仰ぎ見られましょうか」

彰子はあらためて質問した。

「私はあなたの物語をちゃんと読めていましたか」

「はい。私は果報者でございます」

紫式部が書いた物語は、彰子を支え、励まし、受け取ってもらえたのだった。

道長は重篤なまま、生きていた。

ますます無力となり、汚穢は無尽となり、飲食は途絶えた。

身は震え、口からは譫言《うわごと》があふれ、またしても背中に腫れ物ができた。

腫れ物は腕や胸にも広がっている。

幾度か、入滅の誤報が流れた。

後一条天皇の行幸にも喜ばず、彰子らも見舞いができないほどとなった。

それでも道長は生きていた。

病苦に身をさらし、痛めつけ、苦しめるのが己の最後の務めであるかのように、苦渋を味わいつづけている。


十一月二十五日、道長は、法成寺阿弥陀堂の正面の間に移された。

西方浄土の再現とまで言われた厳かな阿弥陀堂である。

安置された九体の阿弥陀如来像が、道長を見下ろしている。

それらの阿弥陀如来像の手から引かれた五色の糸を握り、枕を北にした道長は震え、呻きながら、「南無阿弥陀仏」と、か細く念仏を唱えつづけた。

生き地獄さながらの姿で、それでも道長は生きている。

十二月三日、彰子たちのところへ入滅の知らせが届いた。
悲しむよりも嘆くよりも、「ようやく終わったのか」と紫式部は思った。
だが、これがまた誤報だったと知らされる。
まだ胸があたたかいというのだ。
頭も揺れ動いているという。
彰子は涕泣した。
「もう、いいではありませんか」
紫式部だけがその声を聞いた。
三日の夜が更け、四日の朝になって、ついに入滅したという。
亡者の儀の作法を行ったが、まだ腋《わき》があたたかいという報告が来た。
死んでいる、いや死んでいないと、めいめいが勝手なことを言っている。
だが、彰子と紫式部は四日に道長が滅したことを悟っていた。
「やっと、父は解放されたのですね」
「左様でございます」
道長、享年六十二。
長徳《ちょうとく》元年から三十二年、政治の世界にいつづけた男はこうして逝った。

彰子は悄然と涙していた。

「とにかく身内の者が死にすぎました」

「はい」

ほんとうは彰子にゆっくり休んでほしかった。

しかし、道長亡きいま、名実ともに彰子が家長となってすべてを取りしきらなければいけなくなったのだ。

一家のことも、朝廷のことも、である。

まずは道長の葬儀を差配しなければいけなかった。

道長の亡骸は頼通らが鳥辺野《とりべの》で荼毘に付し、墓に埋葬した。

彰子は、威子とともに法成寺で法要を行っている。

道長の葬儀が終わってしばらくして、紫式部は悟った。

そろそろ自分はここを去るべきときが来たようだ、と。

自分は道長という男が権力を振るうときに、彰子や一条天皇や皇子たちを護るために『源氏物語』で戦ってきた。

その道長が世を去ったいま、自分の果たすべき役割が終わったと思ったのである。

賀茂光栄が託した、顕光の件も解消できたと思う。

できるなら、ずっと彰子のそばにいたい。

けれども、やがては老いてみっともなく彰子の足を引っ張るよりは、このあたりで潔く身を引くべきだ……。

紫式部がそのように言上すると、彰子はいつものふわりとした微笑みを作った。

「とうとう、この日が来てしまったのですね」

「上東門院さまには、どれほど感謝してもしきれません」

「それはこちらのほうです。私に漢籍を教えてくれ、世に『源氏物語』を残してくれ、親仁にすばらしい乳母を恵んでくれました」

「もったいないお言葉です」

「ほんとうならあなたにはずっといてほしいのだけど……」

彰子の言葉は、魅力的だった。

「身に余るお言葉ですが、若い女房たちが上東門院さまを支えます」

彰子はこれからこの国を背負っていくのだ。自分のような物語しか書けない年を取った女房は下がり、若くて立派な女房たちが活躍すべきである。

若い女房たちは、最初は頼りないかもしれない。

けれども、人は成長するのだ。

自分がその典型だった。伊勢大輔も、娘の越後の弁もそうだ。

彰子は苦笑し、彼女にしては珍しく食い下がるようなことを言った。

「ふふ。愛する者と別れる苦しみというのは、ほんとうですね。妹たちも多く世を去り、父までもいなくなり、今度はあなたまで」

「私は死ぬわけではありませんから」

だが、それも紫式部が彰子のもとを去ろうと考えた理由のひとつだ。

万が一にも彰子のそばで死んでしまって、主に迷惑をかけてはいけない……。

「あなたはいてくれるだけで私を支えてくれているのだけど」

「でも、あれです。私の邸は近いので」

紫式部が精一杯明るく言うと、ついに彰子は折れた。

「そうね。あなたの邸はこのすぐ北にあるのだものね」

その言葉どおり、紫式部の邸は上東門院（土御門第）の北の一町を清和院《せいわいん》と分けた東側にあった。

「何かあったら、飛んできます」

「ふふ。ありがとう」

……こうして、紫式部は彰子のもとを去った。

ひとり穏やかに暮らしながら、ときどきは乳母となった娘やなじみの女房たちの相談にのってあげていた。

たまには歌会に顔を出したり、あるいは実資と物語りなどもした。

自分が書いた宇治をもう一度訪れてもみた。

だが、一年のほとんどは邸に籠もっていた。

好きな書物を読み、経典を味わい、ときどき筆を執る。

南に見える上東門院の気配に目を細めながら、自分だけの物語を書いて日々を送っていたのだった。


彰子の御前を辞してから、紫式部は政には関わらないできた。

実資と会っても、ただの雑談ばかりである。

自分は身を引いたのだからと、おせっかいにならないよう気をつけていた。

紫式部も若い頃、年を取った女房の助言がありがたくも疎ましく感じたものだからである。

髪を下ろしていないものの出家したか、隠遁でもした気持ちでいた。

そんな紫式部が一度だけ、動いたことがあった。

長元四年、四十四歳となった彰子が、石清水詣を決めたのである。

いまだ男児に恵まれない後一条天皇のため、さらには自らの誓願のためだという。

国母の行啓である。あだやおろそかにはできない。

それでも、彰子の人柄を知る実資は、それほど派手にするつもりはなかったらしい。

今年七十五歳になったこの老右大臣もまた、彰子を支える忠臣のひとりだった。

だが、この石清水詣の差配を、「ぜひに」と言う頼通に任せたところ、話が変わってきた。

四十歳になった頼通は、自らの権勢を誇り、貫禄あるところを見せるのにこだわるようになっていた。

早い話が、頼通が指揮する行事はとにかく派手になる。

亡き父を超えようとしているのか、他の弟たちに追い抜かれまいとするのか……。

頼通にとって最大の強みは、国母にして実質的な家長の彰子の存在だ。

彰子は道長の死後、自らの参賀を中止にして、朝廷に尽くしてきた。

その彰子が行啓をするのだ。頼通は張り切り、盛大なうえにも盛大な計画を立て始めた。

もともとは、賀茂川尻で船を使い、山崎《やまざき》で休憩と食事を取って、石清水八幡宮に参詣し、舞楽や経供養などをして、再び船で帰るという行程だ。

ところが、頼通はさらにその先を計画した。

淀《よど》川を下って摂津《せっつ》へ抜け、住吉《すみよし》や聖徳太子ゆかりの四天王寺《してんのうじ》にも参詣する。

ことに四天王寺は、その西門を聖徳太子自ら「釈尊が説法されたところで、極楽の東門の中心にあたる」と書いたことから、諸人が弥陀の念仏を唱えるようになり、この西門からの夕日を拝み、極楽を観ずる信仰があった。

出家である彰子にとって、外すことはできないだろう。

さらに難波《なにわ》で祓《はら》えをして賀茂川尻へ戻るのだが、その帰路に歌会が催されるという。

これは住吉が歌の神でもあるための慣習だった。

十日弱だが、膨大な人数が同行し、各地で宴が催されるのだから、出費はかさむ。

彰子のみならず、随行の女房・上達部《かんだちめ》・殿上人《てんじょうびと》などの船・饗宴・屯食《とんじき》・仮屋などの調進が諸国司に命じられた。

これらの参詣ののち、彰子は延暦寺《えんりゃくじ》の横川如法堂《にょほうどう》に願文を納めるという。

頼通はやる気満々だったが、実資は「贅沢だ」「狂乱だ」と激怒していた。

この石清水詣について、紫式部のところへもさまざまな人から話が入ってきたのである。

それらを翻訳すると、「実資をなだめてくれ」という意味になった。

とはいえ、紫式部も人づての話では判断しかねるところがある。

上東門院を下がってから、直接、彰子に関連した事件に介入しては来なかった。

けれども、気持ちのうえでは、いまでも、いつまでも、「彰子の女房」のつもりだ。

その矜持《きょうじ》が、今回の参詣について、手をこまねいてはいけないと警告している。

しばらく悩んだが、決意した。

「これが最後のお勤めかもしれない……」

紫式部は実資を訪ねた。

いまは物語りの気分ではないのだが、と苦笑いしていた実資だったが、紫式部が彰子の石清水詣について話を聞きに来たと告げると、態度をあらためた。

「久しいですな。紫式部どのが世の出来事にご興味をもたれるとは」

「自分でもそう思っています」

と答えながら、紫式部は実資を観察している。

これまで聞いた話では、この石清水詣について怒っているとのことだったが、そんなふうには見えない。いつもどおりの教養人の姿があるばかりだった。

やはり言葉で話すのは苦手だな、と思いながら、しかたがないのでずばり聞くことにした。

「あのぉ。右大臣さまは上東門院さまの行啓に反対なさっているのですか」

すると、実資はするりと答えた。

「ええ。反対しています」

顔色ひとつ変えない言い方に、紫式部はやや戸惑う。

「どのようなご意図で反対を……？」

実資はしばらく無言で紫式部を見つめていたが、どういうわけか噴き出した。

「ふ。ふふふ」

「あのぉ……？」

「いや、昔を思い出しましてね」

「はぁ……」

「一家三后のときです。覚えていませんか。亡くなった禅閣《ぜんこう》（道長）が望月の歌を詠み、私がみなで唱和をするようみなを促したこと」

「ありました。覚えています」

思い出すだけでいまでも妙な汗が出る思いがする。

「あのときも、紫式部どのは血相を変えて飛んできて、『ほんとうに申し訳ございませんでした』としきりに謝っておられた。あのときにそっくりですな」

しかし、実資はけろりと「一家三后なるは未曾有のこと。めでたいことには変わりません」と不問に付してくれた。

紫式部は目を丸くしながら、

「え？　ということは……」

「私の本音を言えば、上東門院さまの石清水詣に反対する理由はまったくありません」

「あ、それは――」

「高句麗《こうくり》国の動きが不穏だとの知らせがあるそうです。しかし、国内では寺社同士の争いは絶えず、民は疲弊し、主上も朝廷も難問山積で頭を抱えています」

「それほどに……」

このようなとき、彰子はどうするだろうか。

自らなすべきことをなし、御仏に祈るだろう。

それが紫式部の知る、彰子だった。

そのような必要に迫られてだけではない、と実資は話を続ける。

「むしろ、これまで上東門院さまは主上と一家のため、また他の公卿たちとの融和のために、ご自身の楽しみはおろか、ある程度の出費を伴う自分の行事はすべて停止されていました。――ですが、もうよろしいでしょう」

よろしいでしょうと言った実資の声には万感の思いとでも言うべき深い心が感じられて、紫式部は眉を八の字にして涙をこぼしていた。

「右大臣さま……。申し訳ございません。年のせいか、涙もろくなってしまって」

「それだけ、ご苦労されてきたのですよ。――あなたも、上東門院さまも」

とうとう紫式部は伏して声をあげ、泣いた。涙がぽろぽろとこぼれて、自分ではどうすることもできない。

紫式部がここへやってきたのも、彰子の石清水詣に賛成してもらうためだ。

上東門院から下がった紫式部がもう一度だけ自ら動こうと思うほど、彰子がこのような晴れやかな行事を催すのは久しぶりのことだった。

もしかすると、紫式部が仕えていたときを含めても、初めてのことかもしれない。

紫式部が知っている彰子としては、珍しい行動ではある。

だが、御前を退出してすでに三年あまり。紫式部も白髪が目立つようになってきたように、彰子も自分が知らない顔を持っていてもおかしくはないと危惧していたが、そんなことはなかったのだ。

何よりも。

これまでの彰子の働きと苦労を見ていれば、このくらいの「ご褒美」があってもいいではないか。

きっと自分はそんな考えもあって、今回の参詣を実現させたかったのだ──。

実資は何も言わず、紫式部が泣き止むのを待っていてくれた。

「上東門院さまが比叡山でなさりたいことについては、ご存じですか」

「横川の如法堂に願文を納めたいと伺っていますが」

と紫式部が鼻を押さえながら答える。

「いま如法堂では、覚超《かくちょう》という清僧が小塔に納められた尊い経典を未来永劫に伝え、世を照らしつづけるようにと、銅筒を作ってお経の保全をされているとか。上東門院さまはこの覚超の行いにとても感動し、自らも参画したい、と」

「それが、今回の石清水詣のほんとうの願いなのですね」

そう確認すると、実資は老顔をほころばせた。

紫式部はまたしても胸が熱くなった。

彰子は自分が知っているままの彰子だった。

自らの喜びを選ぶこと少なく、常に人々とともに、釈迦大如来とともにあろうとし、しかもそれをごく自然に、生まれつきの当然のように選び取ってしまう彰子のままだった。

国母として、いまだ男児に恵まれない後一条天皇のための参詣というのもあるだろう。それは彰子の立場として当然だし、ひとりの母としてもわが子のために祈りたいという気持ちは理解できる。

だが、その根本のところが、彰子の場合はもっと深い。

そんな彰子の心根を、かつて紫式部は菩薩のようだと感じた。

その心はいまだ衰えず。

むしろ、年月がその心を鍛え、磨き上げているようだった。

それならば、なぜわざわざ実資が反対し、激しく怒ってみせているかが気になる。

その点について尋ねると、実資は水菓子（果物）を用意させて、つづけた。

「上東門院さまの悟りを求める菩提心も、利他の志もすばらしい。皇統のために参詣するのも国母としての務めでしょう。けれども、どんな善行であっても反対する人間は必ずいるのです」

顕光のように不遇を託《かこ》って自らを省みない人間ほど、他の者をあげつらう。道長の生きていたときにもそんな人間はいたが、道長の死後、彰子や頼通なら与しやすいだろうと考えて、侮る古参の者どもがいた。

それに、頼通に任せてしまったために費用がかさんで国司たちの負担が重くなってしまったのは事実だった。

小人が他人の善行や志を無条件に称賛するのは、自分の懐が痛まないときだけ。自らの負担があるなら、どのような善行にも批判をするのが小人の常だった。

水菓子を取る。陽光につややかに光っている。このような素朴な美しさに、人の心はいつになれば届くのだろうか……。

「右大臣さまは、そのような者たちの代弁をしているのですね」

実資が肩を揺らすようにする。

「まったく、嫌な役回りです。後生恐るべしですよ」

「ふふ。私だって、『源氏物語』の作者という、不妄語戒をまったく破りきってしまった人間ですよ？」

実資も声を出して笑った。

「ははは。上には上がいましたな」

「あまりうれしくないですけれど」

意を決して実資を訪ねる必要はなかったかもしれない、

「ふふ。――私とてやりたくはないけれども、いというのはほんとうなのですが」むしろ誰かがこのように言っておかなければいけないのです。まあ、関白（頼通）どのが華美に走るのを、少しでも削りたいというのはほんとうなのですが」

実資の養子である資頼《すけより》にも、莫大な費用負担が降ってきていた。

実資が大反対してみせることで、今回の石清水詣に難色を示している古い貴族たち、負担を強いられて顔をしかめた者たちが、溜飲《りゅういん》を下げる。

もしこのまま不満を放置すれば――場合によっては火が起こる。

一条天皇の治世の頃から、火に悩まされてきた彰子に、それはかわいそうすぎるというものだ。

実資の説明を聞いて、紫式部は得心した。

「お心遣い、まことにありがとうございます。ついついでしゃばってしまいました」

「それだけ紫式部どのは上東門院さまを大切に思い、心を込めてお仕えしてきたということです」

「いいえ、私なんて……」

「主人に信じられて賄も優遇されていながら、裏では主人の財をかすめ取っていたり、不心得からやめさせられてから『あの主人はケチで堅苦しかった』などと悪口を言いふらしたりする輩は、世の中に掃いて捨てるほどいます」

紫式部は苦笑して、水菓子をもうひとついただく。

「そういう人間に限って、どういうわけか世渡りが上手だったりしますね」

「ふふ。そう。紫式部どのも、宮中ではだいぶ苦労されましたな」

「右大臣さまほどでは……」

しばらくして紫式部が帰ろうとすると、実資がこんなことを言った。

「上東門院さまのご出立《しゅったつ》の見物、紫式部どのも行きませんか」

「え？」

実資が照れくさそうに髪をかきながら、

「実は娘にせがまれているのです。ただ、これだけ反対している私が、娘を連れて見に行くのは体裁が悪い。あなたも一緒なら、見に行くべき理由がふたつになる……」

娘は千古《ちふる》といった。実資が五十歳を過ぎてから授かった子である。万寿元年に裳着《もぎ》をすませたが、この千古を実資は溺愛していて、邸では「かぐや姫」などと呼んでいるという。

紫式部は子煩悩な実資に微笑ましいものを感じながら、「それではご一緒させてください」と頭を下げた。

石清水参詣の準備は八月下旬から本格的に始まり、九月二十五日に予定どおりの出立をした。

賀茂川尻で見物していた実資はひどく顔をしかめてみせた。

「これでは遊楽だ。――また日記にそう書かねばならないではないか」

だが、娘の千古は目をきらきらさせて行列を楽しんでいる。

千古に何か話しかけられては、実資はひとつひとつ丁寧に説明していた。実資、目尻が下がりっぱなしだった。

行列は、供物《くもつ》である御幣《ごへい》、神宝の唐櫃《からびつ》、蔵人、主典代《しゅてんだい》、院の殿上人、内の殿上人、上達部、彰子の車、尼車、女房車、頼通の車、その弟の教通の車の順だった。上東門院の院司として、源済政《なりまさ》、源行任《ゆきとう》はじめ、多くの者たちが従っている。

これら随身の装束はとても華やかでまばゆいばかりだった。

なるほど、これでは、何かにつけて文句を言う古参の貴族たちは、禁制を守っていないとか、朝廷の権威をゆるがせにしているとか憤慨するのもわかると紫式部は苦笑した。

きっと、実資はその文句を代弁して日記にしたためてやるのだろう。

しかし、途方もない費用負担を強いられた実資の養子の資頼は、誠実に務めを果たしているという。

多くの者たちは彰子のこの参詣を受け入れ、協力してくれていた。

おかげで、織物、打物、錦、繡物《ぬいもの》は見たことがないほどにすばらしく、豪華絢爛たる衣裳の男女が同行できたのである。

彰子の車は、源頼国《よりくに》が用意した。

車の簾《すだれ》の左右にある傍立《わきだち》に鏡をはめて月のようにして絵を描き、美を尽くしている。

彰子の船もまたすばらしいのひと言に尽きた。

船は丹波守《たんばのかみ》である源章任《あきとう》が調えたという。

唐屋形の船で、舳先《へさき》に馬の頭の装飾をつけ、鏡や沈香《じんこう》、紫檀《したん》などの舶来品をふんだんに用いて荘厳していた。

船に棹《さお》さす人が八人いて、緑色の狩衣《かりぎぬ》と、狩袴《かりばかま》に金銀で絵を描いたものを履き、蘇芳《すおう》の袙を着ている。

彰子はもう乗り込んだのだろうか……。

紫式部は首を伸ばしてみたが、とても見えるものではない。

その代わり、心のなかで彰子の姿を思い浮かべた。

派手なことが苦手な彰子だったが、晴れやかな場が似合わないわけではない。

どのような宴であっても、彰子は常に品よく清げに微笑んでいた。

今日も、きっとそうだ。

周りの女房たちを気遣いながらも、彼女たちがめったにないこのような参詣に目を輝かせれば、わがことのように喜んでいるだろう。

何ものにも染まらない純粋な心と、一条天皇の理想にすべてを殉じた方。

その方が、きらびやかな人と船とに運ばれていく。

秋の終わりの陽射しが川面を金砂のようにきらめかせる。

船が動き出した。

彰子という形を取った菩薩の慈悲が行く。

どういうわけか、あの船に出家した浮舟も一緒にのっているような気がした。

浮舟だけではない。

出家できなかった紫の上も、明石の上も、夕顔も、葵の上も、六条御息所も、女三の宮も、花散里も、藤壺女御も、桐壺更衣も——『源氏物語』の女たちすべてが、彰子とともに光の川を行き、夢の浮橋を渡っていくのだ……。

ああ、そうだったのか。

自分がいままで書いてきた『源氏物語』は、今日この日このときの彰子を送り出すための、長い長い手向けの言葉でもあったのだ……。

世の中は　夢の渡りの　浮橋か
　うち渡りつつ　物をこそ思へ

——世の中は、夢のなかで渡る浮橋のようなものだろうか。その橋を渡りながらも、絶えず思い迷うものであることよ。

紫式部は、遠ざかる彰子の船にいつまでも両手を合わせているのだった。


諸々の参詣を終えた彰子は、自らの手で書写した法華経を唐草文《からくさもん》と金銀で繊細に装飾した経箱に入れて、仮名願文《かながんもん》とともに、横川如法堂に奉納した。

たとえ写経された紙が朽ち果てようとも、経典のなかを流れる久遠《くおん》の法は、釈迦大如来の大悲は、永遠に衆生を導き照らす光となるのだと、堅く信じて――。

ワカクニノキミタイラカニ、タミヤスカラナム。
（わが国の君たる後一条天皇が平穏で、民の安穏が保たれますように。）
法界衆生ヲアマネクワタサム。
（一切の衆生をひとり残さず悟りの彼岸に渡して救済できますように。）
ワレノチノヨニ三界ヲイテテカナラズ極楽浄土ニムマレテ、
（われもまた後の世に輪廻する三界を出て必ず極楽浄土に生まれて、）
菩提ノ道ヲ修シテトクホトケニナリテ衆生ヲワタサム。
（悟りを開いて速やかに仏となって衆生の救済に参画できますように。）
ワカ願カナラスミテタマヘ。
（わが願い必ずや成就させたまえ。）

願文の最後には「菩薩比丘尼《びくに》」と署名をした。

御仏に仕える無名の菩薩として、人々の幸せにすべてを捧げられますようにという祈りが込められている。

彰子の人生のすべてを凝集させた誓願だった。

彰子はさらに四十三年生きた。

頼通ら一家の者たちはもちろん、天皇を支え、民を慈しみ、徳と権威をもって息を引き取るまで朝廷を導きつづけた。

そのあいだに、御代は何度も変わった。

長元九年、後一条天皇が二十九歳の若さで崩御した。男児には恵まれずじまいだった。

東宮・敦良親王が譲位を受けて後朱雀《ごすざく》天皇となったが、寛徳《かんとく》二年に崩御。宝算《ほうさん》三十七。

紫式部の娘・大弐三位（越後の弁）が乳母を務めた親仁親王が二十一歳で後冷泉《ごれいぜい》天皇となる。

だが、治暦《じりゃく》四年、後冷泉天皇は在位のまま、四十四歳で崩御した。

さらに、後冷泉天皇の異母弟である尊仁《たかひと》親王が即位し、後三条《ごさんじょう》天皇となる。

後三条天皇は若き賢帝として仁政を敷き、延久《えんきゅう》の善政として称えられた。

彰子が念願していた一条天皇の理想の後継者がついに現れたのだ。

しかし、後三条天皇も飲水病を患っており、五年に満たない在位期間で白河《しらかわ》天皇に譲位し、その翌年の延久五年、四十歳で崩御してしまった。

そのすべてを彰子は見つめ、寄り添い、見送った。


その彰子にも、ついに世を去るべきときが来る。

曾孫にあたる白河天皇の御代である承保《じょうほう》元年十月三日――。

法成寺阿弥陀堂にて、上東門院・彰子は崩御した。

八十七歳だった。


東山《ひがしやま》鳥辺野北辺の大谷口《おおたにぐち》で荼毘に付された彰子は、藤原北家の墓所のひとつである宇治陵に葬られた。

葬送の日、弟の関白・教通は、白河天皇の制止を振り切り、御禊を控える身にもかかわらず彰子の柩《ひつぎ》のあとを歩いて扈従《こじゅう》したという。

紫式部の墓は、都の北の紫野《むらさきの》にある雲林院《うんりんいん》白毫院《びゃくごういん》の南にある。

雲林院は紫式部が生まれたときに産湯を使ったところとも言われ、『源氏物語』第十帖「賢木《さかき》」にも登場するゆかりの場所だったが、それだけではない。

紫式部の墓の隣には、閻魔大王の冥官と言われた小野篁の墓がある。

生涯の最後まで出家せず、「彰子の女房」でありつづけた紫式部が、死後の閻魔大王の裁きのときに小野篁に取りなしてもらえればとの、彰子のせめてもの計らいだった。

結び――そして、物語は流れゆく

紫式部は『源氏物語』を残して去っていった。

『源氏物語』は、書かれた当初から多くの人々に愛されてきた。

人から人へ、写本は広がり、読み継がれていった。

光源氏と優美な女たちによって織りなされる物語の数々。

そこには雅やかな宮廷の生活があり、貴族たちの息づかいがあり、色彩あふれる衣裳があった。

全五十四帖、百万を超える膨大な文字のなかに、五百の人物と八百の歌がみずみずしく生きている。

それらを包み、吹き散らしてしまう無常の風が、物語の底流にはある。

その華やかさと凋落に宿る「もののあはれ」が、『源氏物語』をただの物語から普遍の心の物語に飛翔させていた。

人々は知らない。

『源氏物語』の裏にあった彰子の願いと、紫式部の戦いを――。

ふたりの女のなそうとしていたことが歴史のなかで忘れ去られても、『源氏物語』は生き続けるだろう。

いやむしろ、『源氏物語』に込められた言霊の真意を、祈りと涙を知る者は、彰子と紫式部、そして御仏のみだろう。


だが、それでもよいのだ。

なぜなら、『源氏物語』の「もののあはれ」は、それを超えたところにある人の営みと人生の幽玄さと人間の計らい心を超えた御仏の慈悲を考えさせ、垣間見させるものだからだ。

ゆえに、『源氏物語』は新しい写本ができるたびに、人から人へと、多くの心を揺り動かしていったのである。


そして、物語は流れゆく。

『源氏物語』そのものがまた、普遍の心となって――。

『源氏物語』がどのように受け入れられていたかは、ある少女の話をすれば伝わるだろう。

紫式部が『源氏物語』を書き上げた頃の話だ。

受領である父とともに東国から都へ帰ってきた彼女は、『源氏物語』を読みたいと熱望していた。

彼女がいた東国では、断片的にしか『源氏物語』が伝わっていなかったからだ。

ある日、彼女の願いが思いもかけず、かなうこととなる。

叔母にあたる人が、憧れの『源氏物語』五十余巻をくれたのだ。

少女はひとりきりの御簾のなかで大喜びし、読みふけったという。

満足のため息を大きくつきながら、少女は仰向けになって写本を抱きしめた。

いま「天皇の后になってください」と言われてもどうでもいい。

『源氏物語』を読めることのほうが幸せだ。

「后の位も何にかはせむ」と――。

この作品は双葉文庫のために書き下ろされました。

双葉文庫

え-08-09

源氏物語《げんじものがたり》あやとき草子《そうし》（三）

夢《ゆめ》の浮橋《うきはし》

2024年6月15日　第1刷発行

【著者】

遠藤遼《えんどうりよう》

【発行者】

箕浦克史

【発行所】

株式会社双葉社

〒162-8540 東京都新宿区東五軒町3番28号

［電話］03-5261-4818（営業部）　03-5261-4868（編集部）

www.futabasha.co.jp（双葉社の書籍・コミックが買えます）

【印刷所】

中央精版印刷株式会社

【製本所】

中央精版印刷株式会社

【フォーマット・デザイン】

日下潤一

ISBN978-4-575-52763-6 C0193

Printed in Japan

FUTABA BUNKO

京都寺町三条のホームズ
Holmes at Kyoto Teramachisanjo
望月麻衣
Mai Mochizuki
京都の寺町三条商店街に、ポツリとたたずむ骨董品店『蔵』。女子高生の真城葵は、ひょんなことから、そこの店主の息子の家頭清貴と知り合い、アルバイトを始めることになる。清貴は物腰や柔らかいが恐ろしく感が鋭く、『寺町のホームズ』と呼ばれていた。葵は清貴とともに、様々な客から持ち込まれる奇妙な依頼を受けるが――。

発行・株式会社　双葉社

FUTABA BUNKO

発行・株式会社　双葉社

FUTABA BUNKO

女子大生の時町見初は、幼い頃から『あやかし』や『幽霊』が見える特殊な力を持っていた。誰にも言えない力を抱え、苦悩することも多かった彼女だが、現在最も頭を悩ましている問題は、自身の就職活動だった。受けれども受けれども、面接は連戦連敗。まさに、お先真っ黒。しかしそんな時、大学の就職支援センターが、ある求人票を見初に紹介する。それは幽霊が出るとの噂が絶えない、出雲の曰くつきホテルの求人で――。『妖怪』や『神様』たちが泊まりにくる出雲のホテルを舞台にした、笑って泣けるあやかしドラマ!!

発行・株式会社　双葉社